何申
小传

何申（1951.1—2020.2），原名何兴身，生于天津市。

1969年3月，18岁的何申到河北青龙县和平庄下乡插队。因为会"说书"，他受到了社员们的欢迎，也与他们建立了深挚的情谊。1980年，他利用业余时间开始写小说，并陆续发表。

1984年，何申由宣传部干事调任承德文化局局长。因工作需要，他走遍了全区乡镇，对乡村现状有了更深入的了解。在对乡村现实的书写与问题的呈现中，他逐渐找到了乡镇干部这类人物形象作为重要的载体和突破口。1988年，他写出了中篇小说《乡镇干部》，随后《村民组长》《一乡之长》《穷县》等十几个中篇相继完成并发表，形成了一个"乡镇干部系列"。

1995年，他根据自己下乡的经历和见闻写成了中篇小说《年前年后》，发表在《人民文学》上。这篇小说后来获得了第一届鲁迅文学奖中篇小说奖、《人民文学》优秀作品特别奖等多个奖项。这一年，《小说选刊》杂志社与河北省作协在北京召开了"河北三作家作品研讨会"，何申、谈歌与关仁山也获得了河北"三驾马车"的称号。

2020年2月21日，何申因病逝世。在将近40年的创作生涯中，他留下了《年前年后》等一百多部中短篇小说，《多彩的乡村》等五部长篇小说，获得了首届鲁迅文学奖、庄重文文学奖、《人民文学》优秀作品特别奖等诸多奖项。

百年中篇小说名家经典

BAINIAN
ZHONGPIAN
XIAOSHUO
MINGJIA JINGDIAN

总主编　何向阳

本册主编　吴义勤

何申　著

年前年后

NIAN
QIAN
NIAN
HOU

河南文艺出版社
·郑州·

一种文体
与一百年的民族记忆

何向阳 （丛书总主编）

自 20 世纪初，确切地说，自 1918 年 4 月以鲁迅《狂人日记》为标志的第一部白话小说的诞生伊始，新文学迄今已走过了百年的历史。百年的历史相对于古老的中国而言算不上悠久，但 20 世纪初到 21 世纪初这个一百年的文化思想的变化却是翻天覆地的，而记载这翻天覆地之巨变的，文学功莫大焉。作为一个民族的情感、思想、心灵的记录，从小处说起的小说，可能比之任何别的文体，或者其他样式的主观叙述与历史追忆，都更真切真实。将这一百年的经典小说挑选出来，放在一起，或可看到一个民族的心性的发展，而那可能被时间与事件遮盖的深层的民族心灵的密码，在这样一种系统的阅读中，也会清晰地得到揭示。

所需的仍是那份耐心。如鲁迅在近百年前对阿Q的抽丝剥茧，萧红对生死场的深观内视，这样的作家的耐心，成就了我们今天的回顾与判断，使我们——作为这一古老民族的每一个个体，都能找到那个线头，并警觉于我们的某种性格缺陷，同时也不忘我们的辉煌的来路和伟大的祖先。

来路是如此重要，以至小说除了是个人技艺的展示之外，更大一部分是它对社会人众的灵魂的素描，如果没有鲁迅，仍在阿Q精神中生活也不同程度带有阿Q相的我们，可能会失去或推迟认识自己的另一面的机会，当然，如果没有鲁迅之后的一代代作家对人的观察和省思，我们生活其中而不自知的日子也许更少苦恼但终是离麻木更近，是这些作家把先知的写下来给我们看，提示我们这是一种人生，但也还有另一种人生，不一样的，可以去尝试，可以去追寻，这是小说更重要的功能，是文学家个人通过文字传达、建构并最终必然参与到的民族思想再造的部分。

我们从这优秀者中先选取百位。他们的目光是不同的,但都是独特的。一百年,一百位作家,每位作家出版一部代表作品。百人百部百年,是今天的我们对于百年前开始的新文化运动的一份特别的纪念。

而之所以选取中篇小说这样一种文体,也是出于这个原因。

中篇小说,只是一种称谓,其篇幅介于长篇小说和短篇小说之间,长篇的体积更大,短篇好似又不足以支撑,而介于两者之间的中篇小说兼具长篇的社会学容量与短篇的技艺表达,虽然这种文体的命名只是在 20 世纪的七八十年代才明确出现,但三四十年间发展迅速,其中的优秀作品在不同时期或年份涵盖长、短篇而代表了小说甚至文学的高峰,比如路遥的《人生》、张承志的《北方的河》、莫言的《透明的红萝卜》、韩少功的《爸爸爸》、王安忆的《小鲍庄》、铁凝的《永远有多远》等等,不胜枚举。我曾在一篇言及年度小说的序文中讲到一个观点,小说是留给后来者的"考古学",

它面对的不是土层和古物，但发掘的工作更加艰巨，因为它面对的是一个民族的精神最深层的奥秘，作家这个田野考察者，交给我们的他的个人的报告，不啻是一份份关于民族心灵潜行的记录，而有一天，把这些"报告"收集起来的我们会发现，它是一份长长的报告，在报告的封面上应写着"一个民族的精神考古"。

一百年在人类历史上不过白驹过隙，何况是刚刚挣得名分的中篇小说文体——国际通用的是小说只有长、短篇之分，并无中篇的命名，而新文化运动伊始直至 70 年代早期，中篇小说的概念一直未得到强化，需要说明的是，这给我们今天的编选带来了困难，所以在新文学的现代部分以及当代部分的前半段，我们选取了篇幅较短篇稍长又不足长篇的小说，譬如鲁迅的《祝福》《孤独者》，它们的篇幅长度虽不及《阿 Q 正传》，但较之鲁迅自己的其他小说已是长的了。其他的现代时期作家的小说选取同理。所以在编选中我也曾想，命名"中篇小说名家经典"是否足以囊括，或者不如叫作"百年百人百部小说"，但如此称谓又是对短篇小说的掩埋和对长篇小说的漠视，还是点出

"中篇"为好。命名之事，本是予实之名，世间之事，也是先有实后有名，文学亦然。较之它所提供的人性含量而言，对之命名得是否妥帖则已显得不那么重要了。

值此新文化运动一百年之际，向这一百年来通过文学的表达探索民族深层精神的中国作家们致敬。因有你们的记述，这一百年留下的痕迹会有所不同。

感谢河南文艺出版社，感谢编辑们的敬业和坚持。在出版业不免受利益驱动的今天，他们的眼光和气魄有所不同。

2017 年 5 月 29 日　郑州

目录

年前年后

往年一进腊月，各乡镇早早地就老和尚收摊——吹灯拔蜡，放众人回家喝酒去了。 今年不行，今年上下抓得都特早特紧：县里一过元旦就把九五年的事都给安排了，该签字的签字，该定指标的定指标，该翻番的谁也不能含糊全得认下；各乡镇的头头一看县里拉出的这架势，谁也不敢把活儿推到年后去，都噌噌窜回去紧招呼。 七家乡乡长李德林愣忙到哪种地步吧，他家离县招待所也就二里地，在县里开好几天会他竟然没回家住一宿。 其实他也不是真忙到那份儿上，他曾经偷着回家一次，可没想到于小梅根本就没露面。 那天晚上等到十一点半了，李德林心想别再是这娘们儿跟旁人相好去了吧，一个半路夫妻，这都是没准的事，我别傻老婆等汉子了，回头一回招待所那帮乡镇长再掐咕我说我回家搂媳妇，其实我在这房子里挨一宿冻，我也太不合算了，于是锁上门就回招待所了，回去编瞎话说让人拉去喝酒了。 往后几天会下还就真忙了，主要是找县领导和一些部门的头头谈要上的项目，完后散会就蹽回七家乡安排部署，一直忙到腊月二十三过小年头一天，琢磨琢磨差不离了，才给大院里的干部放了假。放了假人家都走了，李德林还走不了，他惦着夏天让洪水冲了的那些受灾户，又叫上秘书老陈坐车到各村转了一圈，看看临时借住的房子严实不严实，发下去的衣服被子到没到人家手，过年包饺子的肉和面都备下了没有。一看还真行，各村基本都给落到了实处，有些灾民户得的东西比他们原来自己家的还多还好，有一个老汉披着嘎巴新的绿棉大衣，说多亏了受灾啊，要不受灾这辈子恐怕穿不上这好衣服。李德林说可别那么看，还是少受灾的好，各位都好好吃好好喝把身体养得棒棒的，来年想法子把损失补回来。有个村民说身体没问题，要是补孩子嘛，这一腊月就能种下一茬，来年旱涝保收还个个肥头大耳。这庄稼够呛，因为好多地都给冲走了，再着急也不能往石头上去种。李德林一听给老陈使个眼色，老陈心领神会就跟村干部讲过年期间哪个村要是弄出规划外的肚子来，村干部们你们喝过二月二就拎尿罐子到乡里报到，咱来个全封闭学习班，夜里不许上厕所的，把村干部都说乐了。李德林说："别乐，这可是真格的，叫你们半年不许沾老婆边儿。"

村干部们说："破老婆子没劲，能打麻将就行，再能喝酒。"

李德林说："喝酒？喝尿吧！"

转完一遭，老陈说，李乡长你也该回家去了，我也得走了，要不然咱俩都成规划外的了。李德林一想真是的，心中不由暗暗叫苦：他从县委办下到这七家乡当副乡长后来当乡长整三年了，原指望干个一两年就挪回去，不承想这七家乡太偏僻太穷没人愿意来，原来党委书记调走了就把李德林一个人撂在这儿了。 李德林心里明白，要想调回县城弄个好位置，一个重要的条件是当上乡镇一把手，所以就耐着性子等着当书记。 偏偏这一阵子说要机构改革，人事都不动，结果愣瞅着一把手的位子就是得不着。 还有不省心的就是李德林在个人家庭生活上是有喜有忧，喜的是按照这几年时兴的做法，各乡镇的头头都在县城盖房子，李德林也张罗起三大间，跨度都是六米半的，跟他原先住的县委家属院一间半简直是天上地下的差别。 倒霉的是他先前的媳妇没那个命，才住上新房不到半个月，跟她们单位外出旅游出了车祸撞死了，这可把李德林坑得够呛。 幸亏他爱人打结婚就有毛病没孩子，这些年抱过俩都不合适又还给人家了，李德林料理完后事才得以轻手利脚继续在外边工作。 后来朋友们又给撮合了一个，就是现在的于小梅。 于小梅三十八，李德林四十四。 于小梅是纺织厂的会计，是离婚的，娘家就在县城，人长得比李德林原来的媳妇强多了，但也看得出来是好打扮好交际的人。 李德林一开始有点不同意，心想我找的是踏踏实实过日子的，找这么一位到时候把我再甩了咋办。 朋友们说现在像于小梅这样光身一个人的女的不好找了，旁的起码给你带一个犊儿来，你当后爹光拉套也得不着好，不如同意了于小梅。 李德林一想真是那么个理就同意了。 五月节时办的事，于小梅就住进了新房，但后来下面发水受灾，李德林也没度啥蜜月就回乡下忙活去了，偶尔来县开会办事在家住上一两宿，俩人上床看着也像夫妻，但彼此都有点生不愣的感觉，加上这次去县里开会回家没见着于小梅的影儿，更使李德林心中不安，所以这一腊月忙里漏闲时李德林不由自主地就想那新房子和于小梅的事，还好一忙起来又忘个屁的了。

在老陈的催促下李德林点头说回家，老陈叫司机小黄把乡里唯一一辆破吉普车开来，又帮李德林装车。别看乡是穷乡，但到了过年的时候也断不了有人给头头送些东西，李德林还不赖呢，尽量不收礼，但牛羊肉、蘑菇、核桃还有烟酒都有一些，这都是明睁眼露的事，也没必要羞羞答答。李德林让老陈和小黄往车上装，又客客气气问你们用不，那二位说我们都有家里啥都不缺。装好车都要开了，李德林跟老陈说："我还是担心计划生育那事，那事家家是工厂人人是车间，没人发动积极性都挺高的，过年一喝酒弄不好就麻烦了。"

老陈说："这事防不胜防，咱也不能在旁边盯着，好在不是十天半月就生，回头有了再往下鼓捣呗。"

李德林叹口气说："妈的，一个翻番，一个人口，弄得咱一年到头跟坐火炉子上过日子一样。"

老陈说："过年了你就好好放松一下吧，别再想这些事了，想也那么回事，不如不想。"

李德林说："有时它自己就冒出来，非得让你想不可。"

小黄说："把酒喝足了就不想了。"

老陈说："这是个法儿。"

李德林说："回去试试吧。"

车就开了。七家乡离县城一百多里地，都是山道挺不好走。这乡从地名看便可知当初肯定没几户人家，要不然也不能叫七家，现在虽然比七家人家多多了，但论乡镇企业论人均收入在全县还是个末拉子。本来这二年有点起色了，但夏天发了一场大水把人给冲苦了，虽然李德林在县里硬着头皮也说了什么任务不减指标不变时间不延该翻番准翻番，但他心里明白，九五年折腾一年能恢复到发水前的水平，就烧香磕头阿弥陀佛了。可这些话还不能说，说了人家县领导肯定不高兴，自己想往县里调也会受影响，所以只能瘦驴拉硬屎赖汉子拽硬弓强撑着，到什么时候说什么话。估计这么大个县不会就一个李德林这么干，山再高总有过去的路，河再深急了眼也能扑腾过去。

李德林心事重重坐在车里，隔一会儿抽根烟隔一会儿抽根烟，还给小黄点着让他抽。小黄开车好几年了，对李德林家里的那点事全清楚。小黄说乡长您想啥呢大腊月的咋不大高兴呢。李德林苦笑道小黄啊你想想我心里哪有高兴的事呀。小黄说您那是高标准严要求，其实咱们七家乡在您领导下这二年都发生了翻天覆地的变化，其实您只要往开处一想就全想开了，其实您最主要的是要……他说着说着把话又咽回去了。李德林明白小黄说的是啥，小黄说的就是要养个小孩。 李德林心想这小黄呀，说那么两句话哪来那些口头语，"其实"个啥呀！ 还有什么天翻地覆！ 如今连司机都学会说奉承话了，这事最好别往下发展，回头开车净琢磨词儿，再琢磨到沟里去，真来个天翻地覆，那可就奉承大发劲了。

李德林在乡下这么多年了，说话根本不忌讳啥，就说："小黄，乡长我不是跟你吹，这回打结婚我就没在家待，儿子都耽误半年了，往下一过年就行了。"

小黄见乡长这么跟自己说，很高兴："那当然了，要不然咋是领导呢，干啥就得像啥。 咱乡上下要都像您一样，还愁翻不了番？ 翻十个跟斗都宽绰绰的。"

李德林听得心里怪别扭的，暗说你是说生孩子翻番还是经济翻番呢？ 看来要想溜须拍马还得好好学习，弄不好就叫人心里硌硬。 李德林忙换了个话题，说过年咋过，和小黄又聊了一阵。 后来路上的车和人多起来，有几个集市把路堵得水泄不通，小黄顾不上说话了。 李德林看着可地的过年的物品和一张张咧着大嘴笑的脸，他的心情慢慢又好起来，毕竟这几年忙的就是为了老百姓都富裕起来，甭说产生了什么感情啊什么爱心呀，那都是时髦的词儿，说归齐就是看原先穷得叮当响的村民们变得富裕些了，心里就痛快。 这里还有啥缘由呢，李德林自己明白，自己从小也是在山沟子穷窝子长大的，小时候能喝碗糯粥就美得不知道太阳从哪边出来，可惜爹娘死得早，要是活到现在，看着你们儿子当乡长，吃肉比当初吃红薯还方便，你们该多扬眉吐气呀！ 李德林想着想着眼窝子有点发潮，他忽地冒出个念头：来年清明我弄他半爿子猪肉埋爹娘坟里去让他们慢慢享受。 忽然又一想不能埋还得烧，烧了故去的人才能得着吃着，可就怕烧不透烧不没，还是纸扎的啥东西燎了吧。 后来他就想这事先放放吧，回家弄出个儿子来最要紧，那么着就可以把于小梅给拴住了。 说来可气，于小梅他们那一大家子人本来并不很同意这门婚事，总觉得他们都是城里人，找我这么一个乡镇干部给他们减了色似的。 幸亏那阵儿于小梅可能是离了婚没房子又不愿意回娘家去住或者还有旁的什么原因，没大挑这挑那就应了下来。 但现在看来这婚姻的基础还是不牢，非得有个孩子之后才好。

吉普车跑了小半天，终于进了县城，李德林扭头瞅瞅，群山绵绵云蒸雾绕，他真想说一声老天爷啊，你当初造这个圆球时咋就弄出这些沟沟来呀，哪怕一屁股都坐平呢，也少了那么多在深山老峪里的百姓。 这倒可好，七家乡离着县城一百多里，还有个三家乡离着县城二百多里地，看来过去封建社会也太可恶了，硬把那几户人家逼得跑那老远去生存，这给现代化建设增加了多大困难呀。 往下没容李德林再想，车已经停在家门口。 还真不赖，这回于小梅就一个人在家里待着，挺欢喜地迎出来帮着搬这抱那，完事小黄说快过年了我也得回家了，硬是连口水也没喝就往回奔。 李德林进屋瞅瞅于小梅，于小梅粉头花脸地找茶倒水，一弯腰小屁股鼓鼓的，李德林隔着窗子看院门是插上了，伸手就抓于小梅，于小梅早有准备把杯放到一边，问："还是晚上吧？"李德林说："晚上再说晚上的。"就拉她进里屋。于小梅说："等会儿，让我再看你两眼再来。"李德林笑道："咋啦？怕弄错啦？"于小梅说："嗯，现在都打假，回头来的是假老爷们儿，我不就窝囊了。"李德林摸摸胡茬子，指着墙上的照片："对着看清楚啊，可能瘦了点，这阵子太累。"于小梅进了里屋，说："太累还忙着干这事？"李德林忙说："脑子累，这不累，这累就麻烦了。"过了一会儿把事办完了，于小梅说："看来还没违反三大纪律八项注意。"李德林笑道："你咋样？也一直闲着吧。"于小梅给了李德林一拳，说："你快成从威虎山上下来的人了，见面就是这点事，怪不得我爸瞧不上你。"

于小梅说完了也就觉出来这话说得有点不合适，但也没办法了。这时外面有人敲门，有个男的喊："小梅，大白天插门干啥？走啊，刘厂长让你赶紧去呢！"

于小梅整整头发，对李德林说："昨天一宿没睡觉，真没办法，厂里的事太多，你先歇会儿，我一会儿回来做饭。"穿上大衣她就走了，剩下李德林一个人躺在沙发上，心里这个来气哟，先骂一声于小梅她爸，这个老家伙，他还敢小瞧我！你不就是过去当过几天工商局长嘛，也早退了，还神气个蛋！咱们走着瞧，我要不叫你用夜壶盖上那只眼高看我一下子，我就不姓李！

李德林忽然想起刚才门外喊的啥刘厂长，他噌地站起来里屋外屋仔仔细细看了两遍，连土簸箕都看了，果然发现了几个烟头，再想找出点别的来却没找出来。 他提着一个烟头看了看，是红塔山的，档次不低，也不像是扔了许多日子的。 再把其他的烟头都捡起来看看，都是红塔山，看来是一个人抽的没错。 李德林心想这可就有问题了，于小梅是不抽烟的，肯定是一个男的来这儿抽的，这可是啥来着……对！是可忍，孰不可忍！ 老子在前面带着老百姓苦干实干，你们在家也真打实凿地干啦？ 他妈的……还不错，过了一会儿李德林又冷静下来，暗暗跟自己说别急别急心急吃不了热豆腐，万一是于小梅他爸或他哥抽的，咱又能说啥？ 还是继续往下观察吧。 不过，看来当务之急的事是啥这回是彻底弄清了，当务之急就是赶紧调回来，要不然费劲巴力地盖了房子给不忠于自己的娘们儿和她情人啥的使用，自己不成傻小子了嘛！

"旧历的年底毕竟最像年底……"

李德林走在县城街道上，不知怎么就想起鲁迅有一篇小说开头有这么一句话。 他想这话真是不假，别看有元旦新年，那不叫年，那就是比星期天多歇一天的事，在乡下呢，老百姓根本就不过。 乡下老百姓一年就过三个节——端午节、中秋节和春节，按老百姓的话说是五月五、八月十五和过年。 前俩节都是在忙活的时候过，也就是吃顿像样的饭；就是这大年在闲时候过，可以不分黑白地尽情吃喝玩乐。 李德林虽然在县城里工作过多年，但这两年毕竟是在七家乡的时间长。七家乡政府所在地就一条街，土啦咣叽的车一过卷得对面看不清人，往各岔沟里一走空气是好了，但也见不到多少人。要那么说计划生育就不难了，不是，是说现在在地里根本看不见几个做庄稼活的，你也弄不清人家什么时候该耪的耪了该蹚的蹚了，还有就是年轻人外出打工的人多，到村里开会也净是老人、妇女和孩子。县城这街上可好，到这个时候都是提兜子拎包买东西的人啦，而且年轻人都穿着贼时髦的衣服，美不滋滋地逛。今年腊月一个雪花也没掉，天蓝蓝的像块水冲后的大玻璃，白亮亮的日头在上面一悬，就耀得街上像通天大道一般，叫你心里啥烦事都没了似的那么舒服痛快。李德林深深吸了口气，冷不丝地一直钻到小肚子里，他自言自语道：

"唉，还是县城的年底毕竟最像年底呀……"

这话一出他心里就更痒痒了，他急急忙忙就奔县委去了，进县委大院就直奔组织部。组织部在新楼二楼，一楼是县委办公室，李德林就是从办公室走的，所以到这儿就跟回娘家一样熟。不过今天这楼内腥乎乎的跟鱼市的气味差不多，看来是刚分了带鱼，而且这带鱼不怎么新鲜。办公室的秘书小丁正在楼道里捆鱼呢。小丁原先和李德林坐对面桌，抬头见是李德林，小丁忙站起来抬抬手："哎哟，你回来啦，这手也没法握。"李德林说："这带鱼味儿可有点不大对头。"小丁苦笑道："凑合吧，党委机关能分点鱼就不赖了，哪儿比得了您大乡长。"李德林想起这二年里小丁曾给自己打过几次电话告诉上面的动态，就问："年货置办得咋样？"小丁晃晃脑袋说："别提了，我媳妇厂子一分钱不发，我这还是调资前的工资百分之六十，我还能置办啥年货……"李德林听得直想叹口气，后来一想我替旁人难受个屁，乡里不也是一年没发工资，一直到腊月十五东敛西凑的才能补上百分之八十？ 李德林问小丁："真是百分之六十？ 领导也这么些？"小丁说："数都是那么个数，可人家领导的含金量和咱不一样，我两块不顶一块，人家一块能顶一百块。"李德林毕竟也是领导，就笑："可不是像你说的，到街上买东西，都是认钱不认人。"小丁把带鱼捆好拎起来："完啦，官官相护了，我不说啦，说这些不好。 你这是上哪儿？"李德林说："去组织部。"小丁朝四下瞅瞅，见楼道里人来人往的，就拉李德林到了个没人的屋里，关上门说："重要消息，重要消息啊，机构改革，要免下去一批老的，机会难得，赶紧去找。"

李德林听了表面上挺镇静，但心里有点发毛，他说：

"咱不好意思找呀。"

小丁说："你不好意思，你就在下面待着吧，人家可早就动上了。"

李德林沉不住气了，忙问："你是说有的乡镇长已经盯上了？"

小丁说："那当然了，你还以为咋着？"

李德林说："小丁你回头上我家去，我带回点牛羊肉。"

小丁说："不，我可不是冲那，我是冲咱哥们儿的情谊。"

李德林说："是情谊没错。 肉是肉。"

他推门就出去了，才走到楼梯处，就见前面有个胖子正往上走，一看就认出是三家乡的书记胡光玉。 胡原来是县委书记的秘书，比李德林下去还早半年。 胡光玉一扭头也看见了李德林，俩人就都乐了，互相问些见面常问的话，后来还是胡光玉说："找得咋样？ 快回来了吧？"

李德林不好意思地说："我……我是说别的事。"

胡光玉乐了："好样的。 我可得回来了，再不回来我儿子就得进去了，媳妇也得离婚。"

李德林明白他说的是啥意思，调到基层去的干部他自己苦点累点都没啥，往往都是家里这边坚持不住了，特别是家里有上学的孩子，没人辅导、功课不好还是小事，打架偷东西闹出惊动派出所公安局的麻烦来，那才叫人头疼呢。 李德林怕胡光玉再问自己到组织部究竟干啥，自己撒谎的本事连两下子都够不上，再说就得露实底了，于是忙没话找话说："你那小子给你闹啥祸了？"

胡光玉说："妈个巴子的，成天看那些破录像……"

李德林说："武打的吧？"

胡光玉小声说："要是武打的还好呢，都是搞对象的，妈的，这么点小儿就想搞对象，今年说啥得让他当兵去。"

李德林连连点头："对，当兵好，锻炼人。"

胡光玉脸上突然出来点笑意，问："老兄，我那位新嫂夫人咋样？"

李德林脸上发烧，嘴上却不能软，说："能咋样？ 都一个样。"

胡光玉说："不是我瞎说，像咱们这样在乡镇的，不提防着点够呛，你这媳妇长得又那么漂亮……"

李德林说："妈的，谁愿意使谁使去，反正都是二茬货。"

胡光玉摇摇头说："话是这么说呀……"

往下没等说，组织部一个副部长叫郝明力的推门从办公室出来。 郝眼神不咋着，高度近视，戴个瓶子底眼镜，走道盯着自己鼻子尖。 别看他相貌不咋样，那也是县里四大能人之一，那顺口溜是这么说的——郝明力的眼，鲁宝江的喘，于小丽的屁股，刘大肚子的脸。 郝明力的眼就是上面说的；鲁宝江是县人大常委会主任，是掌着全县实权的人，可惜就是喘，一年喘一回，从正月十五喘到腊月二十三，虽然如此但不影响上班不影响做报告，而且凡是有他在的场合谁都不能抽烟，倒也带出不少不抽烟的干部；于小丽呢，是于小梅的二姐，酒厂女厂长，喝酒跟喝水一样，小时进过杂技团学蹬大缸，后来臀部就特发达，结婚那天一屁股坐塌过床板，后来因工作太忙顾不上家，她男人跟她生气，她一屁股把她男人撞门外硌折一根肋骨；至于刘大肚子可了不得了，跟李德林是小学同学，考试没及格过，可人家二百块钱起家，现在手里有一个大纺织厂和一个商场，二十年前因为脸上疙瘩太多连对象搞得都费劲，现在可好，疙瘩上摞疙瘩了，他却看不上他媳妇了，听说打了离婚，给他媳妇十万块，谁叫人家有钱没处花去呢。 话说回来，这郝明力可没钱，他之所以能列入四大能人，除眼之外，更主要的是他的记忆力惊人，全县干部只要经过他的手的，就跟入了电脑一样，你的出生年月在哪任过啥职呀受过什么表扬得过什么处分是头婚还是二婚违反过计划生育没有等他张口就能来。 可惜就是眼神差点，走对面了也常认不出是谁，所以他一直当副部长，有两次要提他，上面领导来考察，见面他不跟人家说话，人家说他傲气，把好事都给耽误了。 胡光玉可能和郝明力还沾点什么亲戚，所以胡光玉捅了李德林一下，意思是逗逗他先别跟他说话，结果他俩硬是和郝肩擦肩地走了过去郝都不知道。 可是胡光玉一推郝的办公室门，郝就站住了，转过身问："是哪位呀？"胡光玉笑道："耳朵挺好使。"郝明力笑了："不能都不好使。"

　　进了办公室李德林一脚就绊在一捆带鱼上，那鱼跟小丁的一样，胡光玉说这臭鱼咋放这儿呀。 郝明力说哎呀我说屋里咋这么大鱼味儿呢，这是谁放在这儿的？ 胡光玉笑道："这是人家给你送的礼。"郝明力说："不会，我眼神不好，人家怕送了我也看不见，都不送了。"胡光玉说："那就送钱，直接送到手里。"郝明力说："更不会。 我两次把一百块钱当十块的花了，大家伙都知道。"胡光玉问："那我给你送点啥，你才能把我从三家乡调回来？"郝明力说："送我个金山银山我都不要，我这儿有一个你的政绩的好报告就行。"胡光玉说："我这几年考查都不错，咋不调？"郝明力说："不错的多啦，那还得领导定。"胡光玉说："那我们去找书记。"他这么一说郝明力才意识到这旁边还有一个人呢，忙说："真对不起，我还以为就你一个人呢，失礼啦失礼啦，这位是……"李德林跟郝关系一般，不能像胡光玉那么随便，忙自报家门，郝明力连忙上前握手，说道："你辛苦啦，才回来吧，听说七家乡落实县里会议落实得很扎实呀，怎么样，家里都挺好吧？ 真对不起，五月节时我去省里开会，要不非喝你的喜酒去了，你有啥事就说吧。"

李德林听得心里热乎乎的，原来人家连自己生活上的事都记得清清楚楚。 李德林一感动就说了实话，他说我跟胡光玉的想法差不多，想问问县里对我的下一步有什么想法。

他这么一说，旁边的胡光玉就直眨眼，说："德林，你不是不想调吗？"李德林扭头小声说："那会儿不想，刚才让你一吓唬，就想了。"

郝明力回到自己的座位上，略思索一下说了几句套话，意思是领导上都想着你们呢，但目前能在各乡镇主持全面工作的人还不是很多，所以，你们身上的担子不是说放就能放下的。 看来人家郝明力毕竟是做了多年组织工作的，说出话来在亲切的同时又有理有据，说得李德林心里挺服气的，也不好意思再强调个人的困难了，心想只要领导想着自己，这事早晚能办成。不料胡光玉这家伙不吃这一套，胡说："拉倒吧老郝，这话你留着会上说吧，头年就说这么重要那么重要不能调，那税务工商银行的不是都有人调上来了吗？"

李德林一想对呀，呼啦一下刚平整点的心情又翻过去了，跟着说："还有烟草呢，这回机构改革不是要调整吗？"

郝明力倒也实在，估计这大年根子了，他也不愿意把下面的同志弄得不高兴，便说："胡光玉你到哪儿哪儿乱。实话跟你俩说，机构就是不改革往上调干部也是必然的，但调谁我可做不了主，你俩要是很着急的话，就得和主要领导谈，到时候我给你们帮个腔。"

胡光玉说："这还不赖，够意思。"他说完了就摸自己的兜，手没拔出来眼睛却瞅李德林。李德林也不傻，一下就好像明白了是怎么回事，心里忽悠也就颤悠一阵，他不由自主地就给胡光玉使了个眼色，那意思是该上就上吧，随即也摸自己的口袋。为啥李德林一下子就想到胡光玉这是要给郝送红包之类的东西呢？因为乡镇头头在一起开会喝酒时说过送礼的事，说如今拉着大米拎着烟酒去领导家又受累又扎眼不说，人家也不缺这些东西，遇上那过日子还挺省的领导老伴，大米多了也舍不得给人，到夏天隔三岔五地就晒大米簸虫子，这也太给领导家添麻烦了。不是说上下团结奋斗跟一个人一样吗？跟一个人一样其实不现实，跟一家人一样倒差不多。或者就把领导当作咱乡镇的人，年终给他们一份奖金就是了，人家愿意买啥就买啥，哪怕他打麻将都输了呢，咱那份情谊也算走到了。 李德林当时喝着酒也跟着说这法子不赖，但他没敢干，主要原因是七家乡没这个财力，包括自己在内，乡干部们也没这个承受力。 一说乡里来个客人都没钱请人家吃饭，教师工资都不能按时发，你那边拿多少多少钱给领导送礼，传出去非翻了江不可。 但从胡光玉的举动看，人家可能就这么干了，胡光玉这家伙的口袋挺鼓的，没准都是红包吧。

可没想到胡光玉掏咕掏咕从口袋里掏出盒烟来。 郝明力因坐得近忙说对不起忘了给你们拿烟了，转身拉开橱子，拽出一条红塔山来，李德林恍惚瞅着那橱里还有烟啥的，他自己的手在兜里也就松开了。 他临出来时带了一百块钱，还都是十块一张的，刚才已经攥到手里，现在真庆幸胡光玉这家伙滑头没掏，要不自己这一百块钱也太丢人了，连一条红塔山烟钱都不够，还想请人家关照，也太不懂行情了。 过了一会儿胡光玉要走，李德林也走，郝明力又一次嘱咐找找主要领导或者在主要领导面前说话占分量的人，比如人大常委会主任鲁宝江。因为鲁是前任县委书记，又是现任书记的老领导，他说句话不能说是一言九鼎吧，在一些小事上也能一锤定音。

李德林出了门自然是往前走，胡光玉走了几步忽然说把打火机忘在屋里了，说德林你先走吧，转身又回了郝的办公室。 李德林自然不能再跟回去，但他眼睛却好像跟了回去，他足以想象得到这胡胖子进了屋之后就会把口袋里的红包掏出来送给郝明力，那个红包里不会是十元一张的票叠成一摞，而应该是百元一张的，有那么十来张就够可以的了⋯⋯

"李大乡长想什么呢？"

迎面过来几位和李德林相识的秘书，都是县委办的，叮咣地正往楼里扛整箱的饮料，小丁也在其中，他们都顾不上跟李德林说啥，跟李德林打招呼是因为怕相互在楼道里撞上。小丁有意往后退退，小声问："咋样？"

李德林说："没戏。"

小丁说："还是功夫没下到。"

李德林说："我这种功夫不行。"

小丁说："那就抓紧练。看这饮料，整车地往这儿造。"

李德林说："我能造啥？除了土豆子。"

小丁笑道："那你就在下面弄土豆子吧。"扛着饮料进去了。

李德林再走出楼时，发现这会儿楼前停了不少的车，上上下下人来人往很热闹，天气又很暖和，很有些春天就要来到的感觉。李德林正琢磨是不是去找一下鲁宝江，大门口进来县委书记的车，县委书记姓强，比李德林还小一岁呢，强书记一下车就看见了李德林，说李德林你来得正是时候，农业局水利局林业局正召开联席会，研究九五年小流域治理，你们乡要想上赶紧去找他们，去晚了黄花菜可都凉了。李德林还能说啥，忙谢谢书记的关怀，就噌噌去找那些局。这种小流域治理，是国家扶贫工作中的一项内容，早先扶贫就是给钱给东西，都是带点救灾性质的，现在是给项目，比如这小流域治理就是改造山区的山水林田路，国家拨钱，你干了得了钱，完后也就长久受益。所以各乡镇都把这事很当回事，李德林和班子成员已经商量好了，开了春就正式跑这事，因为小流域治理一般都是夏末以后开始，有关材料也都在整理中，可刚才强书记说这事都动起来了，实在叫人想不到。

李德林知道小流域治理办公室在一家新建成的宾馆里办公，他赶到那儿一看傻眼了，敢情好几位乡镇党委书记和乡长都在那儿谈呢，随来的人有的正从车上往下搬东西。李德林有点着急了，进屋说："各位来得可够早的呀。"那些老兄老弟笑道："早下手为强，谁叫你回家搂起媳妇没完。"李德林道："你们早都搂过了吧，要不就快回家去搂，给我让个地方。"就凑上前跟人家谈七家乡小流域治理的想法。工作人员说我们只管谈项目的有关规划，至于你们的项目能上不能上，还得领导定。李德林说那就找领导，人家说领导不在这儿。李德林拉一个乡长问你找的谁啥时找的，那乡长说找的是农业林业水利局长，已经在这儿蹲了四天。李德林心中暗暗叫苦，直埋怨自己实在是太迟钝太迟钝了！扭头出去连忙去各局找头头。可哪那么容易说找就找着，都年根儿了，头头们事多了去啦，慰问啦，开座谈会啦，看离退休老干部啦，还要抓时间跟关系单位和重要人物喝酒打麻将啦，反正是忙得一塌糊涂。 在机关找不着，李德林就往这几个局头头的家里去找。 找了两家人没找着不说，心里还挺别扭，有的连大门都没开，说声不在家就拉倒了。 李德林琢磨是不是社会治安不太好造成的，可也不至于连面都不露，也太不讲礼貌了。 等到再到一家根本就没人应声，只有大狼狗汪汪叫，李德林就彻底灰心了，只好转身回自己家。 吃晚饭时他就把这事跟于小梅说了，于小梅乐了说："你在乡下待傻了。"李德林最不爱听这话，便问："谁待傻了？"于小梅说："你傻了呗，现在有钱有权的人根本不串门。 一是人家在打麻将，你进去影响人家；二是房里装修得太豪华，不愿意让外人看。"李德林问："那他们就谁都不见了？"于小梅说："当然见，不是都有电话吗，一般都是先打电话通了信儿以后再定。"李德林听罢不由得点点头。 忽然于小梅腰里嘟嘟嘟地响起来，小梅低头就瞅，瞅着说厂长又呼我了，然后就打电话，说起来没完。 李德林坐在一旁看着，他这个电话装上半年了，李德林没打过几次，看来于小梅的使用率是挺高的。李德林说："有你腰里那个机，再有电话，你和你们厂长快成一个人了吧。"于小梅放下电话，眨眨眼反问："你这是什么意思？ 吃醋啦？"李德林说："不不。 我是说一个女的腰里有这么个东西，男的一呼这边就响，怪有意思的。"于小梅说："方便，好多人都有，将来你调回来也得有。"李德林说："我可不往人家女的肚子里呼。"于小梅不高兴了，一边穿衣服一边说："德行，就你这点小心眼儿，还想带着群众奔小康，回去还扛你的老锄头去吧。"李德林把半杯白酒一仰脖喝下去，说："没有老锄头，就没有白面馒头！ 妈的，你还别小瞧我！ 我问你，咱家哪儿那么多烟头？"于小梅急了："怎么着？ 来人打牌时抽的！ 告诉你，这大年根儿底下，你要想不好好过，就明讲，犯不上在这儿一点点儿斗气，我们厂最近正分房子，你要是不想过快说别耽误了我……"

于小梅砰地把门一摔出去了，剩下李德林一个人火冒三丈嗷嗷乱叫，正叫着呢小丁愣头愣脑地进来，说："就你一个人在家呀，我还以为谁在这儿唱样板戏呢！"

李德林说："妈个巴子的！ 敢跟老子叫板，老子不吃你那一套！"

小丁挠了挠脑袋，说："是和你那位吧，我告诉你一个新闻，而且跟你有直接关系。"

李德林问："跟我有啥关系？"

小丁说："刘大肚子要跟你成连桥啦。"

李德林愣了好一阵子："哪个刘大肚子？ 四大能人之一？ 我那小学同学？"

小丁说："三尺六的裤腰，全县就他一个。"

李德林问："小梅她有俩姐，哪个换了？"

小丁说："能是哪个，能人碰能人，她二姐于小丽呗。才进腊月散的，可能过了年以后就结婚。"

李德林问："我那个老丈人同意啦？"

小丁说："没钱的换有钱的，还能不同意？你也得注意。"

李德林听了小丁的话还真有点发蔫，心想要真是这么着，可别自己这边再傻巴呵呵瞎吆喝，还是想好了再喊吧，如果散伙了冲自己这年龄再找一个是不成问题的，找大姑娘也能找着，问题是你还有多大能力再折腾一回。当几年乡长，要说酒啊烟啊是没少喝没少抽，吃饭也用不着花钱，可除了攒下那份工资，旁的大便宜也没得着过啥，唯一的便宜就是盖这房子时砖啊料啊弄得便宜点，像报纸上登的那样一下子就受贿多少多少万，那是不可能的事，就是有咱也不敢收。于小梅这女人虽说不那么守扑儿，可她毕竟是城里人，人家家里没人刮吃这头。原先那媳妇人倒是不错，娘家在乡下，那儿还说是头一批奔小康的地方，你瞅瞅她家那些三姑二大爷来一趟城里，不是让你带着去看病就是托人打官司。你给他们啥东西都要，总也丢不了那个穷相。你这边一年到头能得到的也不过是腊月里的一摞煎饼烙糕啥的，有一年说杀猪了给送点血肠子来，黏糊糊的吃完拉屎全是黑的……

小丁不知李德林想啥，说："德林，你别怕，要是走到那一步，我能给你再介绍一个。东关有个小寡妇，挺漂亮的，就是有俩孩子。不过没啥，只要你有钱……"

李德林站起来就去找牛羊肉，说："中啦老弟，我也不是拍电影，一会儿换一个媳妇。"

小丁接过一坨牛肉挺高兴："当乡长不赖，这肉多了也行。"

李德林说:"太多了也是不廉洁。"然后他自己拿了一大坨,又往身上装了几百块钱,就和小丁一起出了门。他要去鲁宝江那儿,他知道小丁也不知从哪儿论的管鲁宝江叫舅爷,让小丁跟着一块儿去,估计叫门啥的人家能开。

这时候天色已经黑墨一片了,月亮还没有出来,星星在寒风中抖动着。街上的灯火却是热热烈烈,新开业的商店和老铺子都抓紧一年中最好的销售时机,不分黑白地干。时不时地就见卖东西的人举着张大钞票在灯前照,看看是不是假的;路边卖拉面的一个个笑面土匪一般拉顾客,卖瓜子水果的个个让秤杆子撅上天,也没有人注意他放在哪个星星上;小孩子们已经在放炮,有消息说县城来年就跟大城市一样不让放炮了……李德林在这夜色和灯光中走着,浑身上下有些发热,他明白他现在是在感受着一种生活,而这种生活是一种极具生命力的生活,让世间一切正常的都感到——活着,多美好……

小丁路过自己家时把自己的那份肉放下,然后就听他在院里跟他爱人说你加点小心可傻呵呵一个劲儿给人家"点炮",后来他就跑出来陪李德林去鲁宝江家。鲁宝江住的是平房,论他的资格,县里多好的楼房他也能住得上,但人家不住。这就跟北京一样,大干部就住四合院了,当然那种四合院和一般大杂院就不一样了。县里不比北京,但鲁宝江的大院也不简单:一圈红砖墙,里面有五间正房和三间厢房,挨着厢房还有两间小棚，院里有葡萄架、石桌、石凳，还有一口压水井和一个窖，其他像小花墙、石子路也都该哪有哪就有。 小丁一路走着就跟李德林讲鲁宝江院里屋里是啥样，李德林问你咋这么清楚，小丁说他家挖窖时找过我，搭小棚时我和泥。 李德林说你这么瘦干得了吗，小丁说人家那是瞧得起咱才叫咱去，再累也不能说累，结果怎么样，我媳妇从镇办厂一下子调到国营厂了。 李德林笑道："现在不是发不出工资吗？"小丁苦笑一声："这不能怨我舅爷，当初没看准。 没关系，过了年再调回去，那个镇办厂子现在红火了。"

俩人边说边走，不知不觉就到了鲁宝江的家，小丁敲了敲里面就来人开了门。 小丁管那人叫舅奶，李德林看见过但没说过话，便自我介绍，小丁也跟着帮腔。 人家那女人一看就是有身份的，很客气地点点头，然后小声说真对不起，强书记正和老鲁说事呢，这大冷的天，你们如果事不急的话，改日到单位找我吧。 李德林一想自己再急也不敢在书记、主任面前说急呀，就给小丁使个眼色说我们就不打扰了，小丁就拿起牛肉说这是李乡长的一点心意，他那舅奶略微客气一下就让小丁放到小棚里。 这工夫李德林瞅瞅这静静的院子和挂着窗帘微微透出些亮光的屋子，真跟小丁说的一样，不知怎么他就感到有一股子惭愧，自己盖了那么三间秃尾巴新房就美得屁眼朝天，要是过到这架势上，兴许还经受不住呢。

出了大门走了几步，李德林小声说："还挺给我面子，收下啦。"小丁笑道："收下也白填圈了，小棚里肉太多了。"李德林愣愣地就不往前走了，前面雪亮的车灯，嗖地擦身而过，停在他俩刚离开的大门口，就听小丁那位舅奶笑着说："来啦，快进屋，老鲁等着你呢。"一个男人笑道："就是，缺我不行……"

小丁拽了一把李德林，李德林才慢慢地往回走，小丁说："别不高兴，好事多磨，人家那是打麻将呢。"

李德林点点头。 后来小丁先到家了，李德林就一个人往回走，走到一条比较静的街道上，他仔细听，就听见四下房里有些哗哗洗牌的声音，再听一会儿又听到哗啦啦的水声，一看是个小饭馆外有一位冲着墙根儿正尿呢，尿着尿着哗地又吐起来。 李德林饭往上反赶紧往前走，这时凉风吹得他浑身上下有点发紧了，他找了个黑地方也想尿尿，还没等站稳就听黑处有人咳嗽，把他吓得尿都出来了，一看黑地里一对男女正搂着啃呢。 李德林转身又走，终于找个地方把那壶热茶尿出去，然后就打了个激灵，浑身都轻松。 他不禁自言自语："旧历的年底毕竟最像年底，县里的领导毕竟最像领导，城里的夜晚毕竟最像夜晚，妈的，全城就我一个傻瓜……"

憋气时说啥都行，但毕竟是乡长，咋也不至于在街上走一趟就把觉悟都走没了。 转过来两三天，李德林猛跑小流域项目，跑了一阵他发现这事吧也不像有些人说的非得送多少才行，要么着共产党的天下早完了，人家管项目的人也得看你能干得差不离才能给你，要不经他手批出去的项目放出去的钱到年底一验收任吗效益没有，他也不好受。当然如果你对项目的落实规划做得好，让他听了放心，他就有意在你的名下打个钩，你再多少意思点，联络联络感情，你的事当然办得就比旁人快些，这倒是实情。

李德林找着了一两个头头，又跟项目办具体办事的人疏通得有点门了，再往下定就得领导拍板儿了，可这会儿人家领导都来无影去无踪了，连项目办的人也没几个能在班上静下心坐一会儿，一个个全是电话找 BP 机叫，买这个分那个。女同志还得忙扫房洗东西。人家就跟李德林说你这事过了年再说吧，李德林一想也是，都这时候了算了吧，就回家了。到家一看于小梅也忙呢，穿件薄毛衣俩大奶子嘟嘟颤，袖子挽挺高使洗衣机洗衣服呢。于小梅说德林咱俩把话说开就得了，我都这岁数了也不想再干啥，就跟你一心过了，你别总疑心我，别看我跟他们喝酒打麻将啥，到真格的时候我保证把住，身上这些东西所有权就归你一个人还不行吗！李德林说那是应该的事，要不然我这乡长还不如一头叫驴了，好叫驴还占八槽不让别的叫驴占便宜呢。于小梅笑得咯咯的，说："好好，我嫁给你也算进驴圈了，这就过年了，见着我爸妈会说点话，给我做个脸。"李德林说："话咱会说，就怕人家瞧不起咱。"于小梅说："不会不会，有我呢。另外，我姐的事你可能也知道了吧，刘大肚子那人挺牛气，你别跟他治气。"李德林心里咯噔一下，刘厂长刘厂长就是刘大肚子呗，小梅不就是给他当会计吗，这回一下变成他小姨子了！李德林说："好家伙，全县四大名人你家就占俩，一个屁股一个脸，他俩咋凑一块儿的呢？能不能吃饭时让他戴个面罩之类的东西？"于小梅说："去你的，人家疙瘩多，钱更多，你脸上光溜，口袋也光溜。"

按往常于小梅一揭这短处李德林肯定犯急，但这会儿心情还不错，他也就没往心上去，抽着烟跟小梅接着瞎逗。他说："现在有的顺口溜说得特准，'不管多大官，一人一件夹克衫；不管多大肚，一人一条健美裤'，就你姐那肚子屁股，也穿健美裤，真能赶时髦。你说你们姐儿俩可真能，一个把肉长在后面，一个长在胸脯子上，净往值钱的地方长……"

于小梅拿着两个瓶子说："去去去！打酱油醋去！不搭理你吧，你就生气；给你点脸吧，你就胡扯八扯，让我姐知道了还不撕你的嘴！"

李德林说："到时候我不承认，我就说都是你晚上在床上说的。"

于小梅说："好好，咱晚上见，就你四十五个熊样！"

李德林一听这话有点发怵。这地方男人都忌讳四十五，起因是说一个二婚男人再当新郎时说自己四十五，其实比这大，头一宿就现了原形，那媳妇就起了疑惑，手掂着那堆不争气的物件说：这是四十五？这是四十五？这故事一传开来，男人自然而然就回避这个数。李德林过三年偏偏就是四十五，而且回来这两天他又发现个秘密，就是现在这女人吃得好身体又壮，可能又加上那些搞对象的电视剧啥的影响，到晚上一沾两口子那点事，不但不怵头，有时弄得你都挺难招架，像于小梅这块头这火力，俩李德林也不是个儿。所以人家于小梅在屋里把话说到点子上，李德林还真有点胆虚。他赶紧说去打酱油醋就打酱油醋，也没拿个兜子啥的，一手一个瓶子就上了街。找了家副食店进去一看，打酱油醋还排队呢，没法也得排。排着就听前后的人说现在酱油有假的，都是用猪毛熬的；喝酒也得注意，净拿酒精兑的；另外就是走道得注意，交通队新发展了一批特爱往人和电线杆子上撞的司机，要是两天不撞点啥他们就失眠睡不着觉；最后有一个人说过小年那天修鞋的给各鞋厂发了不少感谢信，感谢有一种新出的棉鞋穿一个星期准掉底但鞋底不折，如果折了就得换新的，底掉了重新缝一遍线，使全体修鞋的收入提高了不少……等李德林把酱油醋打完了，他脑子里都装得满腾腾的了，他心说这城里哪来的这么多热闹事，烦不烦呀。出了副食店还没走几步，一辆黄面包车擦着李德林身子嗖地就蹿过去，李德林左手的醋瓶子叭地就摔了，人家那车却跟没事似的倏地钻人群里不见了。李德林刚要骂两句，一看周围的人都瞅傻小子似的瞅自己乐，赶紧又进副食店买了整瓶的，这时他才觉出刚才那些人的话不能都不信，有些事看来这两年在乡下的时间长，是不大了解行情了。

再走到街上他就格外小心了，不是舍不得一瓶子醋钱，实在是怕给哪位愣爹撞了。要是一下撞死也行，俩眼一闭不知道了，就怕给你撞个半死不活的，特别是把男的撞得下肢瘫痪，简直是比掘他祖坟都难受。李德林和他乡里的人去看过一个挨撞的同志，回来大伙说可把人家那小媳妇坑啦，他那一撞甭说四十五呀，四百五都不如了。别多说，能坚持下来一年的女的就是好样的，能坚持十年的死后肯定成神仙。李德林心想要是于小梅恐怕也就能对付个俩仨月的，就冲这，我可不能像在乡里走道除了自己撞电线杆没人敢撞自己那样子了。

过了街李德林就溜边走，走走就路过一家饭店门前，他一眼就看见胡光玉正腆个肚子站在那儿等谁呢。李德林长了个心眼，忙悄悄躲在一条小胡同口瞅着，他想看看这胖子到底请谁。虽然说整个腊月天气不错，但毕竟是腊月，在大街上走得急还不显得多冷，在小胡同口一站长了就不行，小胡同起小风，嗖嗖地往裤脚里钻。再看胡光玉那也等得够受，一会儿看看表一会儿朝左右望望，比当年盼八路军还着急呢。李德林这会儿更难受了，身上冷点还能对付，两只手攥着俩瓶子都冻得梆老硬，他心说胡胖子你咋跟人定的点，把今天说成明天了吧？后来李德林一看不能再等下去了，因为他身后过来两个戴红箍的老头，四只老眼睛上下直打量李德林。李德林知道那是搞综合治理的，万万惹不得，他连忙跟二位笑了笑，可能他那冻木的脸硬笑起来怪不好看的，把那两个老头笑得有点发毛不敢上前，李德林趁机逃之夭夭。到饭店门前一看那胡胖子还在那儿看表呢，李德林骂道："我说你在这儿等你爹哪！"胡光玉扭头一瞅是李德林，无可奈何地说："叫你说着了，比我爹还重要。"李德林骂了一句，心里的火也就消了大半，说："说真格的，请谁呀？"胡光玉倒也实在，说："还不是为了小流域项目，年前咋也得砸下来，要不过年喝酒都不踏实。"李德林说："他们不是说过了年再定吗？"胡光玉说："可别听那一套，项目和资金差不多都放出去了，年后吃屎都吃不着热的啦！"李德林一听腿都软了，心说亏了于小梅让我出来打酱油醋，要不还在家打嘴架玩儿，年后哭都找不着地方。李德林说光玉啊，今天这饭也算我一份东家吧。胡光玉说那不合适人家会觉得咱心不诚你还是单来吧。李德林一琢磨也是，就赶紧回家。到家于小梅问咋去这长时间，李德林两只手猫咬似的疼，被问急了，他说："我碰见个熟人，跟人家学点招数。"

于小梅说："啥招数？不当乡长当书记的招数？"

李德林点点头："没错，你真聪明。"

于小梅问："啥招？"

李德林伸出冻得鸡爪子似的两手："'两手抓，两手都要硬'，就这招！"

到了晚上李德林心情不好，躺在床上脸转过去朝墙，于小梅收拾完了上床拽他，问："怎么啦？四十五啦？"

李德林说："今天不行，今天心情不好，等明天项目争上了再说吧。"

于小梅说:"还挺革命的。"

李德林说:"哼,心里得有老百姓。"

于小梅说:"我也是老百姓。"就拉了灯跟李德林亲热,李德林慢慢也就轻松了些,后来他就起身忙活起来,忙到半道不知怎么又想起小流域项目,便恨恨地一顿一顿地说:"我日你个——项目! 我日你个——小流域!"

时间不长于小梅就急了说:"你快下去吧,你打山洞子呀!"

李德林抹把头上的汗,下地捅捅地炉子,看桌上有吃剩的猪头肉,抓了两块吃下去,又喝了口水,后来打了个喷嚏,然后钻被窝里睡觉。

准是那两块猪头肉吃坏了,半夜里李德林就肚子疼,连着跑院里拉了两泡稀,于小梅没法子,下地给他找药,哆嗦着说谁叫你昨晚上没好造吗,回头非把我也冻感冒了。 李德林吃了三粒氟哌酸又喝了些热水,才顶过去那股子难受劲。天亮了他起床后觉得两腿发软,于小梅说好汉架不住三泡稀,你好好在家歇着吧,要是有空去看看我爸我妈,真的假的问问过年有啥事需要你干。 李德林苦笑道:"嗯,再不去都忘了丈母娘长啥样了。"于小梅问:"那我爸呢?"李德林说:"你爸是领导,扫着一眼就忘不了。"于小梅笑了:"看来还是爱认识当官的。"李德林说:"嗯,记住了在大街上好躲开点。"于小梅上来给他一拳头:"你咋就不得意我爸呢!"李德林说:"你爸工商局长出身,看谁谁像小商贩似的,我怕他把我当秤杆子给撅了。"于小梅说:"我咋又跟了你这么个乡镇干部,我算倒了霉啦。"李德林说:"可别这么说,咱乡下人心直口快,您别见怪,一会儿我就去看你爸他老人家。"于小梅说:"行啦行啦,别狗过门帘子——全靠嘴对付。"

吃了早饭李德林上街,找了家饭馆订下一桌。老板说都年底了你可别请神容易候神难,李德林把二百块钱撂到桌上说到晚上一个菜毛不动也付钱。然后他就去请人,他对自己说这回我背水一战了,说啥也得把小流域的项目争过来。说来也巧,才过街就觉得身后有辆吉普车开过来,李德林想起头天打酱油醋的情景赶忙跳便道上去了,可那车也跟着往路边开。李德林刚要说你这车咋开的,那车停了,老陈从车里跳下来,李德林愣了,问:"你咋来了?"老陈说:"可别提啦,各村宰猪,这两天喝坏了十好几个,有几个重的,没法,送县医院来了。"李德林笑道:"挺好,挺好!"老陈说:"胃出血还好?"李德林忙说:"不是说胃出血好,是说你和小黄来得好,我正需用车呢。"就上车跟他俩说怎么怎么回事,你二位最好跟我跑一天。老陈、小黄都说没问题你乡长这么干是为谁呀,走吧,你指哪儿咱就开哪儿去,保证把他们都拉来。

话说得容易,干起来就费劲了,现在甭说找那几个局的领导难,连项目办的几个具体办事人也找不着了,破吉普车嘟嘟嘟窜到中午，也没找着个正头香主。后来李德林发现小黄开的这车不好好走道了，直想跟树啊电线杆子啥的亲热，李德林问："这车咋啦？"小黄说："车没咋着，我俩不行啦，昨天一夜我俩没睡觉。"李德林看看老陈："你咋不早说呢。"老陈说："你也没问呀。"李德林让车开到自己家，等着于小梅回来做饭吃。正中午时于小梅回来了，一见老陈、小黄二位油渍麻花的样子，就有点不高兴，到厨房里丁零当啷煮了一锅挂面，又说这两天太忙家里啥也没准备只好将就点吃吧。李德林脸上就有点挂不住了，老陈赶紧说太好了正想喝点热乎的，小黄也挺明白事，抄筷子抓碗就要吃，李德林挡也挡不住只好看他俩吃了。吃完了老陈说这车有毛病，我俩还是趁着天亮赶回去吧，李德林一想也是就送他俩上路，又嘱咐过年时别喝得太凶注意别着火，又说过初六就来接自己回乡里。老陈说那不行咋也得过了正月十五，李德林说你没看见我忍着吗，要到正月十五我没准把这娘儿们就劈巴了。老陈又劝了劝，小黄把车发动着，排气管爆炸似的当当响着去了。

李德林一肚子火回屋，小脸上全是杀气，于小梅做了这事也觉得理亏，躲一边不敢撩惹李德林，后来以为没事了，她说晚饭我好好炒几个菜，中午实在没时间。李德林一蹦多高："炒你妈个×！老子堂堂一乡之长，为民谋幸福，拉着稀满街跑，他们一宿没睡到咱家，你就煮挂面？你的心是什么长的？今天咱得说清楚！"

于小梅向后退两步硬撑着说："我，我就煮了挂面，你能把我咋着？不行咱就分开！"

李德林听着这话反倒坐下了。回家来这几天情景他都看明白了，马善受人骑，人善受人欺，咱这乡长在人家眼里根本就不是一盘菜，与其这么窝囊，还不如亮了咱的本色，大丈夫宁死阵前，不死人后，一个女人岂能凉了咱一肚子大曲和热血。李德林笑笑说："也罢，咱俩明说的好，散就散，东西各拿各的，想办手续明天就办，不愿意办年后也中。我李德林本来就不稀罕这小窝，咱身后有一乡好几万老百姓，甭说你这二婚的，咱带着奔了小康，老百姓高兴了，给我找个对象那不是太容易啦！你别往下惹我，要是我手下的人知道你是这人品，给你一哄哄，先让你臭遍半拉县！"

这回是于小梅听完这些话有些发傻了。估计她是没想到平时回来热乎一宿就跑了的李德林还有这一顿话，这话可够人吃一阵子了，尤其够一个女人吃一阵子。这年头虽然离婚不算个啥，可在这小县城里你要离得太多了，人家也戳后脊梁骨，回家在老人面前也不是那么好交代……于小梅又瞅瞅这宽宽绰绰的房子，心里也就后悔了，说："德林，算啦，这事……这事……你抽根烟吧，我给你弄了条红塔山，厂里请客人时，我在饭馆开出来的。"

李德林还抽自己的烟，说："一条红塔山就想软化我？还不是正道来的，不抽。"

于小梅说："那咋办？要不咱……上床。"

李德林说:"去你的吧,我一肚难事,哪有那心思。"

于小梅:"那你让我咋着?"

李德林也让请客的事给逼急了,说:"你有能耐,帮我请客人吃饭……"

于小梅听罢还就还了阳嘣劲,一拍大胸脯子说这点小事,包在我身上,到时候你就在饭馆子门前候着吧。 李德林不信,于小梅说你别不信,我能把强书记请来,你说旁人能不来吗! 李德林更不信了,后来于小梅说这事太好办了,咱未来的姐夫刘厂长刘经理一句话就全都齐了。 李德林想想真是的,刘大肚子办的那个大纺织厂和商场,一年税收占全县小一半,县领导跟敬财神爷一样敬着他,他要是出面请谁请一个准儿。

李德林不愿意看于小梅的得意样,说:"要是请刘大肚子出面,我去请也行,我俩同过学。"

于小梅笑道:"同过学的多啦,你去恐怕够呛,一般乡镇长都进不去他办公室的门。"

李德林脸上发烧,说:"我们这不就要成为连桥了吗?"

于小梅说:"连桥那是冲着我们姐妹。 你要是觉得自己行,我可走啦。"

李德林叹口气,说:"那就有劳你跑一趟,晚上我在饭馆门前候着。"

于小梅说:"把事办成了,你还跟我厉害不? 过年到我家闹气不?"

李德林一想反正都到这份儿上了，就说："不厉害，不闹气，放心吧。"

于小梅抹了阵子脸出去了，剩下李德林一个人在屋里乱转悠，心里乱麻似的。 不为别的，都说小姨子有半个屁股是姐夫的，看于小梅这股劲儿，还真没准儿的事，这回要是刘大肚子出面把事办成，我的身价肯定又往下降，剩下那半拉屁股没准儿也是人家的了……等转到后来李德林就想起夏天那场水来。 那会儿一天一夜把全年的雨都倒下来了，水顺着山沟往下卷，什么房子地树人马猪羊，冲着啥没啥。 也就是遇见现在这好时代，不光政府拿钱拿物，连北京、天津还有香港的个人都给捐东西，那些衣服、被子全是新的。 人家那叫啥精神？ 全是白求恩精神！ 咱李德林能接着在那灾区安安稳稳当乡长，还不是托了党和政府还有那些好人的福！ 为了早点把灾区的经济搞上去，我个人还有啥舍不得，特别是那于小梅，人家压根儿也不是咱的，将来是谁的也说不清，我何苦思想那么不解放，能利用这关系给老百姓办点事，多少年过后大家一说当年的李德林那可是个好干部，比白求恩还白求恩，那不就流芳千古了吗？

人要是遇事往开处想，啥事都能化解开，李德林在家歇了一阵子，自我感觉情绪平稳了，就洗脸换衣服去饭馆等着。 这时候天短，县城西又有座大山，四点钟天就暗下来了，李德林估摸还得一会儿才能来人，就去离饭馆不远的医院看看老陈送来住院的人，一看都在那儿龇牙咧嘴地哼哼呢。 李德林说你们还愁咱乡灾情不重咋着，夏天挨水冲，冬天用酒灌。 那几位说这不是高兴嘛，就是有点高兴大发劲了。 李德林又问问钱带够了没有，有俩动手术的估计就得在这儿过年了，李德林说到时我给你们送饺子来，那二位说多谢了，切的是胃可能吃不了饺子。 李德林说你俩不吃陪床的得吃，临走又说，我说你们两句别往心里去，好好治病，那些人说让您这么一批评里面都不那么疼啦。 李德林笑着说，要么着我训一顿开刀别用麻药了，大家都乐了。

再返回饭馆时，于小梅已经站在门口了，埋怨李德林说你咋才来！ 李德林说我早来了！ 朝屋里一看他也急了，敢情满满一桌子客人都到了，打头的正是强书记，往下是鲁宝江，其余是那几位他好几天找不着的局长，刘大肚子和于小丽坐在强书记左右，说说笑笑像多少年的老朋友一般。 李德林进来后赶紧道歉，然后就倒酒上菜喝起来。 李德林先跟众人喝仨名曰前进三，然后跟每人喝一盅叫打一圈，喝的过程中就说了小流域项目等事，众人说好说好说。 然后，人就听强书记、鲁宝江、刘大肚子说纺织厂要上新项目的事，这时候还就真看出来了，鲁宝江那是久经风雨的不倒翁，稳坐江山不动声色；刘大肚子财大气粗，眼珠子直瞅房顶；强书记端着个架子放不下，动不动就是形势很好。 其余的人也都适当地插一两句话，于小丽的酒厂因为是赢利户，说话也挺气势，加上与刘大肚子的关系，更是锦上添花，连于小梅好像都跟着沾光。 到末了只可怜了李德林一会儿让服务员上餐巾纸一会儿去要啤酒，后来上的螃蟹有味了，强书记吃一口就放下了，刘大肚子直皱眉头，鲁宝江一闻那味就要喘，吓得李德林赶紧给端走，到外屋跟老板好一阵子交涉又换了个别的菜。 总的来讲这饭吃得大家都挺高兴，临走时都跟李德林说感谢，刘大肚子还拍拍李德林的肩膀，说过年见。 李德林搭了人家的交情，连忙谢刘大肚子。 一边谢着一边想，妈的这人可没处说去，上学时候刘净留级成天挨老师骂，没承想现在成这样。 最后于小梅帮李德林结账，才结完她腰上的那个机又叫了，于小梅看一眼说我得去厂里，李德林说刘不是刚走吗，于小梅说我也不知什么事可能要结账。 李德林不好意思说啥，就一个人回家了，进家捅炉子添煤烧水，想想这一天忙成这个样子，觉得怪好笑的。 后来他就觉出酒劲上来了，脑袋迷迷糊糊的。 他拉过被盖在身上，就在要睡的一瞬间，忽然问自己：今天这桌饭是我请的吗？ 人家那些人领情吗？ ……

三十那天晚上大家都在家看电视。 于小梅把炉子弄得挺欢，屋里热得穿件毛衣还冒汗，李德林抽烟喝茶嗑瓜子，看到高兴时说："要是天天这样嘛，那就比共产主义还共产主义了。"于小梅叮当剁馅和面准备包饺子，时不时进里屋瞅一会儿电视，瞅见那个"复印活人"的节目时，开始他俩还笑假赵忠祥长得有点面，后来见变出四个小孩，于小梅就不笑了。 李德林明白她想啥，就说小梅啊，咱俩虽然是半路夫妻，但我心里可没往半路上想，腊月底这几天咱俩都忙得脚后跟打脑勺子，说点气话就当西北风吹过去拉倒吧，我想咱俩最好还是养个孩子，将来咱俩老了也有个人照顾。于小梅抽抽鼻子紧眨眨眼，点点头说："德林，你说这话让人心里热乎，其实我也想跟你过到老，要孩子我也不反对，问题是咱结婚这么长时间咋就没怀孕呢？"李德林说我原来的媳妇输卵管堵了，可能是她小时候吃得赖又干活累的，你是不是也堵了？你可能是肚子里油多，鸡要是太肥了就不下蛋。于小梅笑了说去你的，我原先那男的冬天下水坐了毛病，要不然我也不跟他离婚，在他坐毛病前我做过人工流产，我能有啥毛病？李德林说那咱两年后得检查检查，看看原因到底在谁身上。于小梅说对，就是你没问题我也得让你戒仨月酒以后再要孩子，要不生个孩子都带酒味。李德林笑道，瞧你说的，全国多少乡镇干部，哪个不喝酒？要是他们媳妇一块儿坐月子，那不成酿酒厂了吗！

俩人说得都挺高兴，看到十二点放了挂鞭，然后包饺子，包着包着李德林上下眼皮直打架，就去睡了。转天早上街上静静的，吃了饺子李德林说我得出去转转，于小梅说你有点眼色，人家要是玩着呢，你别傻坐着不走。李德林说我不傻，就先奔了鲁宝江家，他还想着郝明力的话，起码过几天求鲁帮助说句话好调回县城来。因为是大年初一吧，鲁宝江家的大门开着，很容易就进去了，不过客厅里只有鲁的老伴，人家挺客气地跟李德林互相拜了年，然后说老鲁去团拜了，走了有一阵啦。李德林心里一沉，说瞧我这时候赶的，只好满脸是笑地退出来。接着又走了几个头头家，都说去团拜了。李德林心里这个来气呀，心说你们三拜九叩啊，怎么没完没了啦。后来心情就不大愉快，就去于小梅她娘家。到那儿一看还行，老丈人和丈母娘都在家，没人请他们去团拜，但正和儿子、儿媳团团围着打麻将呢。见李德林来了，不管咋说还算是新姑爷子头一年拜年，大家都停下手跟他说了一阵子话。后来小丽她爸说德林也不是外人你待着我们接着玩啦，就重新开战。开战就开战呀，这老爷子一个劲儿磨叨坏啦这会儿手气不好了，让李德林听得怪犯疑惑，好像自己一来把人家手气给弄坏了。坐了一阵儿李德林说走，老丈母娘送出来嘱咐初二来，李德林明知道初二回娘家，嘴里却问："明天都回来打麻将咋着？"老丈母娘笑了："也打麻将也吃饭。"李德林问："你老输了赢了？"老丈母娘说："赢不了他们，一个个鬼着呢，一点儿也不让。"李德林嘿嘿笑笑走了，心里说还刺刀见红了呢，回头输急眼再捅起来。

到家不见于小梅，李德林抄起电话说我叫腰里叫唤，就呼她，一会儿小梅还真回电话了说我正跟我姐玩儿呢，你也找一拨吧，晚上饭都是现成的。李德林叭地把电话撂下，真有心去小梅她姐家看看是不是真的，没准是和她姐夫玩儿呢！后来转念一想大过年的可别生气，生气了一年都不顺当，也就不想去小丽家了。但一个人在家实在没劲，干脆也去打麻将，打不好还打不赖吗？李德林就给几个比较熟悉的朋友打电话，先问过年好，然后说过去打麻将。结果怎么着，人家说对不起都开了桌手儿也齐了，胡光玉在电话里还说你应该早定好，县委政府团拜会后就有组织有计划地"撤退"了。李德林听完心想今年爱国主义教育准好搞了，从大年初一开始就修我"长城"。他叹了口气，琢磨自己该干点啥，一眼瞥见厨房里还没煮的饺子，他就想起说过给住院和陪床的村民送饺子的事，忙点着煤气煮，煮得了用个小洋锅盛着往医院送。在医院门口遇见几个熟人，人家张口问，咋啦，你媳妇住院了？李德林心里说你媳妇大过年的才住院呢，又怕饺子凉了便支吾两声跑了进去。那几个住院的村民原先以为李乡长可能就是说着玩呢，没承想真把饺子给端来了，都挺感动的，可庄稼人就是真感动了也不会说啥，擦把手拨过几个说那我们趁热就吃啦，嗯，还是羊肉馅的，要是蘸点腊八醋就更香了。李德林说美得你们吧，往后你们再往死里喝，把胃全割去喂狗，吃啥都不香了。村民们都咯咯笑，互相盯着谁也不占便宜多吃。正吃着进来一个人端着小摄像机，问问是咋回事，然后就横竖照起来，照完了说是电视台的，对李乡长正月初一给群众送饺子这件事很感动，请李乡长讲几句。李德林愣了一阵子，说："我可不知道你采访，要知道我就不送了。"那记者说："我来采访眼科看放鞭炮受伤的，正好碰上，您就说吧。"李德林想想说："没啥说的，咱当干部的得关心群众。"记者说好，转身问那些村民，村民把饺子赶紧都咽下去，说李乡长可是好人呀，别看他收钱时挺狠，到真格的时候关心人呢……李德林不爱听了，问："我啥时收钱狠啦？""有一回副乡长把我家猪给赶走了。""那是我吗？""反正在你领导下。"李德林拎着空锅扭头走了，其余的村民送出来说："乡长你别生气，他不会说话。你家饺子要是吃不了，我们去吃，别送了。"李德林笑说："剩下的都给你们端来了，你们要想吃，就得自己去包。"李德林知道跟这些人没法生气，也就不生了。

还没到家呢，身后嗷嗷地开过一辆救火车，李德林想这是哪位呀不注意防火，后来就发现那救火车朝自己家那边去了，等到再走近了，有邻居对他喊："老李，你家着火啦！"李德林脑袋嗡地一下差点炸了，甩了锅嗖嗖跑过去，见院里院外不少人，消防队员把厨房窗户打开，冒出一股黑烟。于小梅满头满脸全是黑的，喊李德林你跑哪儿去了你抽什么疯！打开煤气不关！李德林恍然大悟，但解释也没用了，忙看烧得咋样。还真幸运没把房子燎着，只把厨房里的东西都烧个黑不溜秋。邻居们都说没事没事，今年的日子一定过得红火，缺啥少啥只管说话。等消防队和旁人都散去，于小梅说多亏我回来得早，你放着地炉子不用开煤气干啥？李德林不敢说实话，瞎编说我饿了煮饺子我使不好地炉子。于小梅四下看看问："锅呢？您连锅都吃啦？还有那么多饺子？"李德林稀里糊涂又对付过去，赶紧收拾残局。到晚上李德林怕于小梅又问锅和饺子，又说养孩子的事，于小梅说就你这打开煤气就忘的手，回头有了孩子你说不定哪天带出去就给丢了。 李德林说孩子和煤气是两回事，你就养吧，你一下养四个，我就辞了乡长回家带孩子。 于小梅说去你的，我还养八个呢！ 我成老母猪啦！ 这么一扯淡，俩人都挺乐呵，把着火的事就给扔到一边儿去了。

转天一早，李德林特别主动说今天去丈母娘家不能晚了，吃饭时一定好好地给二位老人家敬几杯酒。 于小梅挺高兴，说你到那儿要注意，我哥我嫂子厂子不开支，我妹妹的单位什么都发，我妹夫做生意赔了，两口子正闹意见，刘大肚子和我姐正在高兴头上，我爸看啥都来气，就我妈还行，你说话要注意对各家的影响。 李德林正系着领带，停下来有点紧张地说："这么复杂？ 要不咱别去了。"于小梅说："你头一年到我家，不去不行！ 不过，你别土里土气的一看就是个乡镇干部，也有点风度。"李德林说："好好，我多笑少说话就是了。"于小梅说："也别光笑，傻小子似的。"李德林心里说要是厨房不烧成这个黑驴样，我说啥也不去你家。

到了小梅家，一看局面果然严峻，小梅她爸头天可能是输多了点，看啥啥都不顺眼，直说中央电视台成心破坏计划生育国策，晚会变出那么多孩子来，这不是鼓励多生嘛！ 小梅她哥两口子一年多没发工资了，开了个小铺不咋挣钱，张嘴没三句就说，完啰，今年要是不弄点假烟假酒卖，这一家人就得喝西北风了。 小梅她妹在银行工作，一个劲儿臭显，跟她妈说这几个月钱发得都糊涂了，东西更不用说了，光电热壶就发了四个。 她爱人在一边吹这回要做笔大买卖，把俄罗斯和车臣开仗中打坏的坦克当废铁买回来，修理修理改成推土机，准能挣大钱。 小梅她妹说你干脆把巴黎铁塔也买来算啦，俩人就戗戗起来。 小丽和刘大肚子是开饭前十分钟到的，一进屋就说太忙了差点出不了门，然后就给孩子们压岁钱，新票子嘎嘎地点，很有派头。 还好小梅大姐去外地婆家了，要不还得增加点情况。 李德林和小梅也抓紧给孩子压岁钱，由于自己没孩子给来给去最吃亏。 吃饭时大家围着桌喝酒，都给老两口敬酒，李德林有点拘束，把赞扬领导的话全拿出来了，小梅她爸倒挺实在，说我现在是平民百姓你别说那些跟我没关系的话。 李德林说："那就祝您身体健康！ 永远健康！"小梅一把就把他拽坐下了，大家也就都乐了。 小梅她爸说没事，林彪用的不见得就不能用，反正我这辈子也不可能再坐飞机了，你们有啥只管说。 他这么一说，大家都放松了，又是敬酒又是打围，还划拳打杠子。 刘大肚子说别看人家都说我是企业家有多大能耐，其实我就是胆大，上学时我就敢逃学，不信你们看过去当班长啥的现在没一个能挣大钱的！ 小梅她哥说真是没错，这年头不能太老实了，我原来就当班长，后来一工作给个小组长、工会委员啥的就把我拴住了，要啥也不是，没准早出去干了。 小梅她妹夫喝多了说我倒是胆子不小往老师抽屉里放过蛤蟆，可我咋做啥赔啥呢！ 小梅她妹说你就赔吧，哪天把你自己赔进去也省得我跟你操心啦。 大家都说了，小梅捅捅李德林那意思是你别傻姑爷干听着啦，也说说吧。 李德林心想刚才犯过一个错误了，这回可别犯了，就说："刚才我说得太正经了点，这回说……"小梅她妹夫说："不正经的？"把大家都逗乐了。李德林说："不是，是说点轻松的。说有个退休干部开饭馆，写对子上联是'奋斗一生两手空空'，下联是'开个饭馆补充补充'，横批是'概不赊账'。"小梅她爸笑了，发话说："每人说个笑话，好喝酒！"刘大肚子就说："镇长乡长下饭馆回家带回不少餐巾，媳妇舍不得扔就做了内衣，晚上一看上身的字是'红宝石请来品尝'，下身是'塞外酒家欢迎再来'。"说完看于小梅，小梅脸就红了。李德林忙反击说："那是你们厂长经理下饭馆带回去的。"于小丽说："是你们乡镇长。"李德林说："我说一个。厂长参加全厂大会睡着了，临结束时副厂长捅他请他讲话，厂长揉揉眼说，'那就上饭吧'。"

这笑话挺有水平，一下子把全桌人都笑得弯腰捂肚子的，都夸李德林有两下子，这一来喝得痛快，一圈一圈一会儿就造下两瓶，喝得有点多了，小梅她妹夫还想表现表现自己，强睁着眼说："有个小偷大白天搬邻居电视，被抓住了还不服，说不是让胆子再大一点吗？我的失误就是步子慢了一点。"刘大肚子舌头都短了，笑道："这是你吧？"小梅跟着说："你胆子可别再大了。"小梅妹夫历来喝多了爱闹事，扔下酒盅说："干啥干啥？看我赔钱了也别这么寒碜人呀！你不就是有俩臭钱吗？……"刘大肚子把脖子一扭："你说啥，找不四至呀！"不四就是不舒服的意思，刘大肚子肚子里酒多了也就现出了本相。 小丽忙说刘大肚子，刘不服，小梅她妹管她男的，他男的也耍梆子骨，吵吵嚷嚷的。 老爷子后来就摔了筷子，老婆子心脏不好受跑屋里了，小梅她哥本来心里就不痛快，就势骂一顿。 李德林一看大势不好，拉起小梅就回家，到家一摸满头冷汗。 小梅说起祸的根子就是你，说什么笑话！ 李德林说，谁叫你捅我的？ 再者说谁叫你跟刘大肚子一起气你妹夫的，你俩到底是怎么回事？ 这一问可问坏了，于小梅拉着李德林就要去刘大肚子那儿说个清楚，李德林嘴里不服输，腿下可不动地方，末了气得于小梅摔门走了。 李德林叹口气说，这年过的！ 吓人呼啦的。 正不知干啥呢，小梅她妹妹找上门来，问凭啥合伙欺侮我男人，李德林忙请她坐又解释这事跟自己没关系，说着说着就发现这小姨子长得比小梅要好，跟她说话心里挺舒服的。 转念一想我媳妇跟她姐夫有猫腻，我就不兴跟我小姨子亲热点，于是就忙着沏茶倒水的，可不知怎么心里往那儿一想手都不好使了乱哆嗦，话也跟不上了，人家小梅她妹客气两句抬屁股就走了。 李德林送到门口，暗问自己，你那胆呢？后来又回答自己，压根咱就没那贼胆，这几年忙得天昏地暗的，连那贼心都没起过。 回屋抽烟喝茶看电视，思量思量自己一晃都四十大几了，从山沟子里一点点走出来，就跟蚂蚁出洞去觅食，转来转去也就是在方寸之间，寻得一块儿比自己身子还大的食物，匆匆搬回去供众蚁享受，倒也是很高兴的事。 至于人嘛，也不见得是进了京到了省去当大官才算荣耀，能给旁人特别是老百姓多做点事，也是光耀前者后荫来人的积德的事……突然李德林就想起要孩子的事，忙站起身在挂历正月初十上打了个钩，他算计正月十五一过就必须回去了，至于跟老陈说初六后去，那是气话，回去伙房饭馆都没生火，净得到旁人家吃去，麻烦人家是小事，那通喝法受不了，头年大夫说自己有点脂肪肝，弄不好就得喝成酒精肝了。

过年都是两顿饭，吃后晌饭前于小丽来了，说上午大家都喝多了，晚上老爷子让大家还去，咱们都少喝点就是了。李德林说我害怕，于小丽说你害啥怕，应该是我害怕。然后就说："德林你也说说小梅，她跟老刘那么腻乎，外人怎么看！"李德林一听就急了："我还正要说呢，应该是你说说你妹妹和你男的，我这还一肚子火呢！"于小丽说："我怎么好说，我俩也没登记，小梅的脾气你也知道，弄不好就得跟我干架。"李德林说："那可得啦，咱俩都成受害者啦。"于小丽笑了："你要不管，他俩成了，干脆我就跟你过了。"李德林连连摆手："别别别，我哪敢霸占您呀……"说完他自己都乐了，万一有那一天，还说不上谁霸占谁呢。于小丽也笑了，压得沙发弹簧嘎吱嘎吱直响，站起来说跟你闹着玩呢，瞧把你吓得，就先去了。李德林这回又冒了一脑袋凉汗，暗道城里女人如今可真开放啥都敢说，真的假的叫咱这乡镇干部也分不清了，往后要是调回来看来还得好好学习学习。

再吃饭情况就好多了，都像个人似的说点得体的话，觉得没把握的话也就搁肚子里不说了。后来老爷子说你们大家得互相拉扯一把，刘大肚子就表示可以拿出点钱来而且不要利息借给亲戚们，但到时候必须还上；小梅哥嫂表示愿意借；小梅妹夫说一旦和在俄罗斯当倒爷的哥儿们买来废坦克，如果人手不够，还想请各位都跟着参加一下经营活动；李德林一看大家都这么热心肠了，也表示将来提拔到县里来，有什么需要自己办的大家都说话。他刚说完又热闹了，差不多所有人都说你李德林当那个破官没劲，挣不了一壶醋钱还整天操心受累，不如早点办个公司啥的。李德林说不行我在这条路上都奔了二十多年了，不能半途而废。小梅她爸说对，咱这一家子可分成几条战线，有奔官的有奔钱的还有奔坦克的，形成一个多元化的局面，就能适应发展变化的形势。大伙一听全服了，说老爷子哟，敢情您在家也没闲着，都研究起战略问题了。老爷子说要不也是闲着，发挥点余热吧。

这顿饭吃得皆大欢喜，接着打麻将，刘大肚子痛痛快快输给老爷子一千块，老爷子转身拉着李德林就问："老婆子，小丽的喜事是不是抓紧办了……"李德林赶紧把丈母娘让到前面说话。小梅的牌总不顺，动不动就给人点炮，李德林在一旁扒眼跟着急，后来小梅她妹指着电视喊："看呀，我姐夫给人家送饺子吃呢！"大伙一看可不是嘛，本县新闻正演在病房里李德林跟村民有说有笑地吃饺子呢，当然是人家吃他说话。于小梅一看就喊："我说我们家饺子和锅都没了呢！"

又在几个熟人家喝了几顿，李德林喝得胃口火辣辣的，还凑热闹玩了两宿麻将，输了四十多块钱。 大家说你爱民如子这回组织上准重用你了，你得请吃一顿。 李德林说对不起我家着火了，等我调回来头一件事就是请各位喝茅台。 话题往这儿一说就又勾起了心事，正月初六他就去找刘大肚子，不料刘去深圳谈生意了，据说得十天半个月才能回来，想找小丽留个话给刘，小丽去北京办事了。 李德林一跺脚直接去找鲁宝江，鲁宝江正犯喘，也不便再跟人家张口。 正发愁呢，又在街上碰见胡光玉，胡光玉兴高采烈说你怎么样了，我可快调回来了，强书记跟郝明力发话了，你还不快去直接找强书记。 李德林就去了，没说几句强书记就说你已经在考虑之列，当务之急是把你乡里的工作抓好，还有什么想法可以跟组织部去谈。 李德林吃了个定心丸一样去找郝明力，郝明力说李德林你给群众送饺子的事干得不错，强书记在常委会上提了两回。 李德林心里这个乐哟，说我乡里的工作安排得差不多了，送饺子那是应该的，本来还想炖点肉送去呢，我和群众处得很好……郝明力说既然处得很好你就在下面多待一阵嘛，估计乡党委书记的职务很快就能给你。 李德林说我现在不是想当书记，我实在是想调回来，我家里有困难。郝明力想想说："你一直没小孩，是不是你爱人怀孕了？"李德林心想咱就顺杆爬吧，就说："是啊，再有一个月就快生了。"郝明力乐了："那也不够月份呀。"李德林挠挠脑袋："可能还有俩仨月，我也闹不清。"郝明力又说现在如果非要回来可没有什么好位子，体委副主任、文明办副主任还有个文化局副局长但得兼评剧团团长。 李德林说不行打死我也不能去当团长，你看看还有哪儿，有没有局长就要退了，我去三两年能顶上的地方？ 郝明力说这倒有不过得好好谋划一下，你先回乡下抓工作吧。

这回从组织部出来，李德林脚步格外轻快，在楼外碰见小丁，小丁要去妇幼保健医院了解点数字和情况。 李德林告诉他调动有门，小丁也很高兴。 不知怎么又说起回来得养个孩子的事，李德林心里就一动，暗想这些年都说我原来的媳妇有毛病，到了小梅这还是人家有毛病？ 不如我偷偷先查查，好有个思想准备。 他把这想法一露，小丁说正好啊我认识这儿的人还能给你保密。 李德林就跟小丁进了医院，找了个熟悉的大夫，人家说首先得化验点那东西，李德林钻个小屋里把任务落实了，然后就找个没人的地方等着。 过了一阵那大夫跟李德林说你可能从来就没检查过吧，你的精子没有几个活的，即使是怀上了也得流产。 李德林冷水浇头一般，连小丁都没找就出了医院。 一边走一边想人家说得真对，刚结婚那几年死去的那位就是一个劲儿地流，结果就认定是人家的毛病，现在小梅连流都不流，看来自己派出的那点兵将都惊动不了人家。

硬着头皮到家，发现桌上有个条，是小梅写的，说有紧急任务出门了，过十五就回来。 李德林看罢心头轻松一点儿，心想躲过一站是一站，我别让她拉到医院露脸，我得抓紧办事然后找个乡医吃点偏方啥的。 于是他就去小流域项目办，人家说得把报告啥的全报上来，李德林琢磨不是一个人办的事，打电话就把老陈几个人都叫来了。 正好小梅也不在家，这一帮人吃住就都在李德林家里，连着忙了两三天，就到正月十四了。 县里这时闹花会花灯，白天扭秧歌踩高跷晚上灯光灿烂的，李德林也顾不上看啥，盯着那些办事的人不放松，该请吃饭请吃饭该意思的意思，结果人家就表示正月下旬去实地考察，一旦山水林田路的规划跟实际差不离，就能批准立项，全年七家乡就能得着一百多万。 李德林美得差点蹦高，老陈说我们先回去安排部署一下，到时候您陪着他们去就是了。

正月十五这天是李德林一个人在家过的，吃了晚饭他站在自己的小院望着那个圆圆的黄月亮发了好一阵子愣。 他想这么一个大东西就在天上悬着掉不下来也飞不远去，看来这都是事先安排好的事，就好比自己命里大概注定就得在乡下滚些年后再上来，月亮没人给它充电添柴就自觉自愿地给人间照亮增景，白天的太阳就更不用说了，自己好歹拿着工资还断不了白吃白喝白抽，往后调县里看来得格外注意廉洁了，要不然就对不起从小就照看自己的日月星辰了。 回到屋里电话响了，是小梅打来的，说业务太忙回不去，可能还得在外十来天。 李德林也不傻，不动声色地问："你在哪儿？衣服带够了没有？"小梅说我在南边，这边挺暖和。 突然小梅小声说德林告诉你个喜事，咱不用去检查了，我好像是怀上了，你高兴吗？ 李德林一下子就明白了怎么回事，这时他要不是想起刚才看到月亮和想到的太阳，他非把电话机砸了不可。 他叹了口气说："不高兴，咱别养个酒精孩子。"小梅说："我也是这个意思，回去先做了。"李德林说没啥事我歇着了，另外你告诉刘大肚子，如果真有的是钱就把那张脸皮换一换，换个再厚一点儿的。 那边于小梅肯定是吃惊了，啥话也没说。

转过天一早老陈就打来电话，说一冬天雪少得厉害，就怕山上栽树的规划不好向人家交代，李德林说到时候再想办法吧。 他骑车子又去找项目办的人确定去七家乡的时间，人家说最起码还得等十天，李德林说正月十五也过去了，年也就算过完了，还是早点去吧，人家说再商量商量。 正说着呢电话找来，是郝明力叫李德林去，李德林强按着怦怦跳的心往县委大院走，在大门口碰见胡光玉，胡光玉说我回来了上体委当副主任，不管咋的先回来再说。 李德林想着自己回来能上哪儿呢，匆匆找见郝明力，郝明力开门见山地说县委刚开过会，让你去三家乡接胡光玉当书记，希望你做出成绩来，至于什么时候回县里来，组织会考虑的。 李德林坐在沙发上愣了一阵没说话。 郝明力说："上面电视台要采访你送饺子的事，你做点准备，下午他们就到。 关键要讲透送饺子的思想感情，弄好了能上《焦点访谈》，中央正重视农业。"

李德林心里说要是有人让自己去打麻将就送不上饺子了，转念一想也别糟践自己，腊月里不就说要送吗？ ……后来他就问郝明力什么时候下文，郝说你把七家乡的事再安排一下回来就下。 李德林说等我把小流域治理项目落实了再下文，郝说可以但要抓紧。 然后李德林就到办公室打电话让老陈快来，争取把项目办的人请去。 放下电话他又去项目办，走到街上就听到处唱"天不下雨天不刮风天上有太阳"这歌，抬头看看真是没雨没风有太阳。 李德林想这事也怪了，那年唱"一把火"就着大火，头年春天唱妹妹坐船头，夏天就发水，现在又唱这个，弄得天挺旱！ 操他娘的，回头我编一个"风调雨顺风调雨顺快快奔小康"，他哼哼着就过了大街。

"嘟嘟……"

市信访办公室主任孙明正一早进办公室屁股还没落稳，就听楼道里响起沙老太的破哨子声。这哨子跟体育场上裁判吹的不是一个味儿，这哨子肯定是沙老太从哪儿捡来的破玩意儿，声音刺耳不说，而且还卡壳，时响时停抽冷子就冒出一下子，听这哨子就有股子打针前抹了酒精凉飕飕等着的感觉。孙明正心里说坏啦，这老娘儿们咋一天比一天来得早啦？上午市委副书记还要听汇报呢，这要是让她给缠住可咋办？……

孙明正一看办公室的门碰上了。按说干信访这行甭管你多烦多难，上访的来了你都得笑脸相迎，而且你当主任的更得像那么回事似的拿出公仆的样子，叫人家看出上级政府真是在倾听群众的意见。可是这个沙老太精神有点不太正常，她的事虽然挺不好办但信访办还在给她办，可她就不像正常人那样能互相说说明白。原先她是又喊又叫又唱又笑，估计她也觉出累来，近来就弄了这个破哨子，一进信访办这楼就吹起来。 可这楼里边还有别的部门呢，人家开始还以为信访办搞什么体育活动呢，说老孙你哪儿请来的教练教你们什么项目，孙明正说这教练打沙家浜来的，教我们如何在短时间内得上心脏病。 话是这么说，你对她也不能咋着了，而且得看到这沙老太确实是有冤枉在身，要不然也不能弄得这么魔魔怔怔。

孙明正这两天感冒了咳嗽，这会儿嗓子直痒痒，他忍了半天没忍住，抓过毛巾捂着咳了一声。 刚咳完门外嘟地就响了一声，沙老太敲一下门叫道："孙主任孙明正同志，你就不要猫着了，你一来时在大街上系裤腰带，我都看见了。"

孙明正赶紧就把门开开了，不然的话再让她嚷嚷出群众来了你闭门不见，就没意思了，而且在街上系腰带也确实有那回事——昨天这一天一宿孙明正根本就没闲着一会儿，青远县大杨树沟村又来集体上访，来了一百多号，把市政府大门给堵了小半天，非得要见市领导。 市领导当时正在接待一个日本的团，据说要谈一个大项目，秘书长老陆急眉火眼地从楼上蹿下来告诉孙明正无论如何要顶住，顶不住人上去了影响了会谈市长要拿你是问。 孙明正那会儿都冒白毛汗了，带领信访办全部弟兄杀上去，好说歹说总算给拦住了，最后答应两天之内给予答复。 那拨人里带头的叫揣德强，四十来岁，跟孙明正打交道有三年了，揣德强说那就后天来，要是再含含糊糊，我们就上北京了。 到那会儿孙明正就得拉硬弓了，说后天一定有回音，不然的话我老孙把眼珠子抠出来当泡儿踩。 这话土里巴叽的让乡下人听着还行，人家就走了，开着拖拉机拉着人去吃饭了。 可信访办里俩心脏不好的就犯病了，还有一个新分配来的女大学生在办公室里哭起来没完，可能是乱时让人家推着胸脯子了。 副主任李玉珍问孙明正咋办，孙明正说就是推得少，推多了就不当回事了！ 李玉珍说对，这胸膛不就是保卫人民政权的吗？ 就回去做思想工作。 但这事还是把市里领导惊动了，孙明正往市委市政府俩楼紧跑了一阵，领导决定转天上午开会专听大杨树沟这事。 孙明正这阵子净忙别的案子了，主要是开不出工资的职工上访，他帮民政局落实发救济款，还跑了几家银行，商量给厂子贷点款启动生产，所以对大杨树沟最近一段的事知道得不太多。 最近这一段主要是李玉珍抓这事，孙明正就让李玉珍把情况又说了一遍，晚上他又把整个卷宗重新理了一遍，也没睡觉，烟倒抽了一盒半。 幸好老婆姜国英回乡下看她老娘去了，她老娘叫车给撞了，说要不行了，孙明正跟姜国英说实在对不起忠孝不能两全我去不了，姜国英说你别耍嘴皮子啦我根本也没指望你去。 早上上班的路上孙明正觉出饿来，快到机关时裤子往下出溜，他赶紧勒紧一个眼儿，不承想就让沙老太给看着了，由此看来这沙老太可能是天一亮就来了。

这沙老太进了屋就不吹哨了，腾地往沙发上一坐，就跟到自己家一样，把手一伸说："是抽你根儿烟呀，还是听我说？"

孙明正赶紧把烟递过去："抽烟抽烟！ 你那事我都听有

一百遍啦，放心，组织上一定会认真对待的。"

沙老太看那烟是红塔山，便叭地拍了一下茶几，说："红塔山，红塔山！ 我看啦，十二块钱一盒！ 我拿了不到三盒烟钱，就折腾了我三十年！ 老天爷！ 你睁睁眼吧……"

她嗷嗷地喊起来，可楼道里并没有几个人过来看，实在是这情景在孙明正这儿算不上什么，纯属家常便饭。 不过李玉珍还是带着两个女同志过来，李玉珍知道孙明正要去开会。 孙明正见来人了忙提起兜子，说："你们在这儿，我走啦。"

沙老太立马拦住问："走？ 上哪儿去？"

孙明正一看这阵势更不能说去开会啦，说不定她能闹到市领导那儿去，便嘿嘿一笑，道："我去找部队呀！"

那沙老太一勾上这台词就上劲了，拉了个架势，说："那哪儿成呀！"接着就唱："同志们杀敌挂了花，沙家浜就是……"

孙明正嗖地就蹿出去，心里说信访办就是你的家吧……

大杨树沟村的事相当复杂。

将近一个上午，这事也没议出个眉目来。 按孙明正掌握的情况大致是这样：这村的支书叫杨光复，一九四五年日本投降那年生人，从六〇年起在村里当干部，七〇年当民兵连长时大雪地里抓放信号弹的，虽然没抓着人但把脚指头冻掉仨，为这事到处讲用在全县红过一阵，再往后又挨过运动的冲击下了台，十多年前当村支书思想挺解放，把村里的事弄得不错，建了好几个厂子，从市里到县里都把他当个典型。也就是三四年前，这村的另一大姓姓揣的开始告他，说他家长制一言堂搞宗派，好事都给了他们老杨家。县里开始没把这当回事，觉得村里的事很难那么讲民主，杨光复是狂点，但毕竟干了些事。等到前年姓揣的就组织起来上访了，先是上县里，后来就上市里上省里，北京也去了不下五趟，揣德强为上访把房子卖了，连老婆都离了婚，这事就闹大了。那年冬天搞社教，派去一个工作组，因为一进去按指示依靠当地党组织开展工作，自然就和杨光复接近，生让揣姓给撵出来了。说是撵也不是硬轰，主要是处处不合作，让你没法开展工作，如揣姓一律不管派饭，还告工作队大吃大喝搞不正之风，偏偏工作队里有的人也确实没少跟杨姓的喝酒，结果灰溜溜退出来。半年前市里又派了工作组，专门解决这个村的班子问题，这个工作组想搞重新选举，结果杨姓反对，乡里县里也不同意，这个工作组也卷刃了。也就是两个月前，市里和县里决定派干部去，从市委组织部派去了个正科级干部，还是副部长的后备人选，结果去了一个月就急得心脏不行了，差点没交代在那儿。后来说再等一个阶段，看看事态的发展。可你等人家不等，揣德强带人杀进北京。国务院信访局把电话打到省里，省里打电话到市里，市里就架不住了。这一下子就把孙明正给糟践了。孙明正说咱是死猪不怕开膛破肚了，好几年这先进单位呀先进个人呀全跟咱无缘，咱索性就拆下大梁当长枪——大干一场吧，下狠心把这几个难题解决了。

可是一到大杨树沟这事上就难下决心了。听汇报的组织部副部长姓严，因为最后折在村里的是他手下的干部，所以怨气挺大，认为最好是再派工作组，而且人要多，干部要强，实在不行就换村班子。严部长说完了，市政府这边的陆秘书长说那可不行，杨光复是市级优秀农民企业家，不能有点小毛病就换，揣德强是告状专业户，支持了他往后告状的更多了。老陆说罢又有人说这个村说到底是宗族之争，干脆把这两姓分成两个村。马上又有人说要那么分一个县就得多出好几百个村来，而且房子地都在一块儿咋分呀。后来大家都不说了，把目光都对准了主持会的副书记林光年。林光年分工管信访，年初时接待一个上访的着急了，加上身体本来就不太好，一下子闹个眼底出血，住了好多日子医院，把孙明正吓得够呛，出院后就没大敢把难解决的事交给他，现在没办法啦，也只好置领导的安危于不顾了，让林光年坐这个蜡。林光年和孙明正同岁，四十八周岁，可林光年走运，八三年就上来了，上来了就下不去，管过不少方面的工作，不过这一阵子一把手对他有点不大满意，意思是你当领导当了十来年了，怎么魄力一年不如一年了。林光年对此也承认，后来他分析一下，认为主要是分管信访工作这几年闹的。旁的事你当头的都能铆足劲儿招呼一下子，也可以弄点大计划高指标让大家吹吹攀攀搞点花活，信访这事不行，只要有人民政府在就有上访的，道理上讲是人民相信政府，实际上是有矛盾就有往上告的，上告的除了触犯法律归法院，剩下的可不就找你党委政府，孩子哭了找娘嘛。你着急想一使劲把事都办妥了，从此没麻烦了，群众都安居乐业了，实际上就是违背了矛盾普遍存在旧矛盾解决后新矛盾又产生的规律，同时，信访上的事又多是牵扯八方勾连历史关系政策的事，不是一咬牙就能解决的，不下细功夫不行，所以这工作就很难见成绩。林光年曾想信访办属政府系列，党委这边是否可以超脱一点，可一看从中央到地方都是党委主要负责人亲自过问，还有一人主抓，也就咬牙盯下来，结果就盯得魄力越来越小了。不过，最近他思想有个转变，其中一个因素是他想动一动，他的好几个同学都调省里当了厅局长，住上三加二的房子，挺舒服的，可要爬上这一格到正厅级，咋也得干出点像样的活来，所以，他就想从自己分管工作中最薄弱的部位下手，这自然就是信访了，目标则是把上访数量降下来，措施是把几个最挠头的事解决了。

孙明正一般在汇报工作特别是汇报重要案子时很注意听领导的意见，因为汇报的要点一是讲清楚怎么回事，二是听清楚领导的指示，你好去落实。以往人家领导也很少问你孙明正咋个想，所以在这种场合他心里反倒坦然。不料今日林光年沉思片刻，劈头就问孙明正："老孙，说说你的想法。"

孙明正毫无提防："我我……还是听领导的吧。我们信访办一定落实好。"

林光年很严肃地说："那怎么行，你信访办得有个意见，不能光等现成的。"

由于说这话时脸上都没有笑容，而且大家也看出林光年不似往日那么随便，会场的气氛谈不上紧张但有些沉闷。 严部长说："老孙，你说说呀……"

孙明正不说。 他心里说，我操的我哪件事是等现成的？ 除了挨骂是现成的，旁的啥是现成的？ 他越这么想越上来犟劲，越不想说。 老陆跟孙明正个人关系挺好，平时互相之间爱逗，老陆见此情景，说："老孙，不要心情太沉重嘛！ 工作没有搞好，主要是吸取教训嘛！ 有啥话还是说出来好，省得闷在肚子里坐病。"

老陆这么一说把气氛闹得有点变化，林光年也有了点笑意，说老孙你可真是金口难开呀……

老陆扔给孙明正一根烟，笑道："人家老孙是手拿小碟敲起来，小曲好唱口难开呀。"然后给孙明正使个眼色，意思是你别拧着啦。

孙明正抽着烟，琢磨再不开口不好了，便说："不是我不说，实在是不好说。 我这儿要钱没钱，要车没车，人马老少不齐，想下去都下不去。 像大杨树沟这事，到了现在非得再组织人去一趟不可……"他说这话的意思是把球再踢给你们头头，你们赶紧组织力量吧……

这话却正中林光年的下怀。 林光年立即说："说得好。 还得派人下去，老孙，你亲自去一趟，钱和车由老陆负责，七天之内再向我汇报。 怎么样，各位？"

除了孙明正大家都是俩字："同意。"

孙明正能说啥，你干的就是这个工作，领导安排了你说不去就不合适了，所以他脑子一转就又接着说经费和车的事，要砸实。 他们信访办除了人头费，一年才给三千块，十八个人一人还平均上不二百块，订完报纸再对付交市内电话（不敢往外打长途）费就任吗没有了，剩下的日子就得靠找领导找财政局挤牙膏似的一点点去挤了。 车呢原先有个旧上海，除了喇叭不响，稀里哗啦哪儿都响，实在修不起早趴窝了。 孙明正心想你们不能又让马儿跑又让马儿不吃草，我不是趁机敲你们，我是要看看你们是不是重视信访工作。

林光年这会儿挺干脆，把这些事统统压给老陆，然后就宣布散会。 出来老陆就说孙明正："我说你挺大个主任，怎么还学会讨价还价了，想下海？"孙明正笑道："反正你得给落实，落实不了我就找书记。"老陆说："找书记我也没法。"孙明正说："没法我就让上访的找市长，我看你这秘书长咋当。"老陆笑道："我早干腻了，干脆给你吧。"孙明正说："我这人坐不了好车，一坐好车就晕，当不了大官。"

逗归逗，事归事，随后俩人就说定了先借孙明正一辆车和一千块钱立即去大杨树沟，无论如何要抢在揣德强他们再来之前。 孙明正和老陆分了手就把脚步放慢，瞥了瞥市政府大门口——他现在已经坐了毛病了，就怕见到一群人围在哪个大门口，一见这种场面他心里就忽悠一下子。 有几回在小学校门前见家长围得里三层外三层的，吓了他一跳，以后他宁愿绕道儿多走几步也不走那条街了。眼下还不错，市政府大门口人来车往一切正常。孙明正暗自庆幸中午能按时下班回家了，看看表还有几分钟就十二点了。他快步进了楼，推一下办公室的门，竟然没锁，朝里一看他愣了，不仅沙老太没走，又来了一个胖老头。孙明正认识他，他是上访人员中有名的王大鞭子，就是把林书记气出毛病的那位。王大鞭子手里拿着一张纸，说："孙主任，您要的国务院文件我找来啦！"

孙明正中午没回家，回家也得自己做饭，办公室里常年备有方便面，不过不是"康师傅"，"康师傅"好吃，但太贵。沙老太和王大鞭子也不客气，帮着找碗提水泡了三袋，王大鞭子从口袋里摸出一双卫生筷，撕去纸说："我有筷子。那天在北京我抓了一大把，现在吃饭可得讲点卫生了。"孙明正心里好笑，说："北京的饭菜咋样？"王大鞭子摇摇头："不咋样。大饭馆都有警卫，不让进，小饭馆都是个人的了，店主子个个恶霸一样！妈的，还是原先公家的饭馆好。再这么搞下去，我们上访的就困难了。"沙老太乐了，说道："王大鞭子，这阵子你净出去了，上访的形势咋样？"王大鞭子道："势头不赖，有增无减，大家准备成立一个会儿啦……"孙明正说："你快拉倒吧王大鞭子，你要是在外搞乱七八糟的，我就不管你的事了。"王大鞭子笑道："我还没说完呢，咱有觉悟，咱哪能干那事。咱都访了这么多年了，是不是？"孙明正说："啥是不是，吃饭吧，我早晨饭还没吃呢！"

沙老太吃了一口说："你这面有味儿了，放的时间太长了。"王大鞭子闻闻道："你咋不吃'康师傅'？在北京我们最低就吃那种。"孙明正差点把鼻子气歪了，说："二位，我可没请你们吃。你们口味高，干脆请我下馆子得啦。"王大鞭子立即说："把我落实了，我就请。"沙老太也如是说。孙明正一想也罢，一半天就要去大杨树沟，再加上回来研究，起码得磨叽十天半月的，手头这点零碎事还真得处理一下。他赶紧扒拉下一碗面，过期的油味齁得嗓子冒烟，他也顾不上了，抹把嘴先看王大鞭子拿回来的"文件"。王大鞭子原先是运输队赶大车的，五九年打死了一匹辕马，还不服领导的批评，就挨了开除公职的处分。王大鞭子那时浑身有的是力气，胆子又大，本来就嫌在运输队挣钱少，正好就无牵无挂地去挣钱了，其中"挣"进劳改队好几年。后来老了，儿女也大了，他就开始上访。原来那个运输队早没了，现在的运输公司虽然跟那运输队有点关系，但谁也不愿意管这事。架不住王大鞭子上访得厉害，动不动说声我上北京啦就走，车钱饭钱都不花，能耐特大。孙明正费了牛劲，才把他的事硬压给了运输公司，每月给他二百多块生活费。这事完了他又要求安排孙子，运输公司早有准备，发文件时就写清"不补工资，不安排子女接班"。倒霉就倒在打字那儿，把子女俩字弄颠倒了，人家王大鞭子就把老儿子领来，说不安排女子行，我有儿子，给安排了吧，任公司咋说打错了也不中，不安排就去北京。 孙明正说你运输公司认倒霉吧，给安排了吧，结果就安排了。 安排完了王大鞭子又要求补从五九年到现在的工资。 这回孙明正咬牙说绝不可能，中央有文件，"文革"前的不补。 王大鞭子二话没说又去北京，还真拿回来同意补发的文件复印件……

孙明正一看那张复印件就是假的，有关落实政策的文件都在他脑子里印着呢。 他就问："王大鞭子，你这复印件哪儿来的？"王大鞭子说："哪儿来的？ 从北京找来的。"孙明正问："北京大啦，从哪个部门找来的？ 你要说清楚，中央文件可不是闹着玩的，到时候公安局来问你，问题可就严重了。"

王大鞭子神色有点不安，琢磨了一会儿说："这文件，这文件是我在大桥底下买的。"孙明正问："花多少钱？"王大鞭子说："整本要五十，我就买一页，要他妈的十块！"孙明正问："那还有啥文件？"王大鞭子说："啥文件都有，也不知从哪儿弄来的，都是红头的。"

孙明正早就听说有人卖假文件糊弄上访的，但一直没见过啥样的，没承想王大鞭子弄回这么一页来。 他看王大鞭子不信，又从抽屉里把笔记本拿出来，查出王大鞭子那张纸上所标的文件号与真件根本不是一回事，再次告诉王大鞭子你让人家给骗了。 王大鞭子倒也认账，说："妈的，我看这事也该打假，回头你们跟中央反映反映！"

孙明正说："谁叫你们买的，快回去吧，好好在家抱孙子得啦，别让你那些孩子操心了。"

王大鞭子站起来说："那我先回去，哪天想不通我还来呀。"

孙明正说："随时欢迎。"

王大鞭子走了，剩下沙老太，沙老太这会儿精神好点，一好点她肯定要把自己的身世和委屈从头到尾说一遍，这一遍少说也得两个半钟头，孙明正已经听过不下十遍了。孙明正赶紧拿起电话拨通鞋厂，这鞋厂就是沙老太当年的工作单位，也是这个案子最终落脚的地方。鞋厂厂长姓丁，新上来的，一通上话就给孙明正一个大窝脖儿，丁说："我也不归你信访办领导管。你们要想管这事，先管管我这儿的工资问题，我好几个月没发出工资了。"

孙明正的话自然也赶趟儿，马上说："信访局是代表市政府督办的，我当然有权过问。你甭着急，我马上找你们二轻局。"

丁火了："找谁老子也不管。妈的，一个老洋毛子看上的人，看把你们喜欢的……"电话咣地就扔了。

孙明正的脸一下子都气白了，话筒在手里攥着颤着，他真想马上就给二轻局打电话，但又不能，沙老太就在眼前，一直告诉她事情正在办着，大概正是有这个盼头支撑着，这老太太的毛病才没太厉害，若是让她知道她的厂子的态度，她非得大疯起来不可。孙明正只好把气往肚子里咽，强忍着劝沙老太别说了，可沙老太已经说起来。 这实在是一段不堪回首的平民的可怜的遭遇，如果和祥林嫂相比也不逊色，只不过她的这些遭遇过多地与一个时代的诸多环节相连在一起。 沙老太说："你们知道，在我十岁的时候，我的父母都没有了，我与我的姐姐相依为命。 那一年日本投降了，我们姐儿俩上街去看热闹，回来的路上，就见到一个大个子老毛子兵，他很年轻，也很漂亮，他一直跟到我家。 我家住在后山上，人少，四下里又都是树，可怜我们姐儿俩身单力薄……"

孙明正摆了摆手，意思是别往下说了，实在叫人不忍心往下听了。 孙明正想一个人从童年就遇厄运，那么她的一生就等于没有开个好头，老天爷若是睁开眼，本来是应该让人家有个好的结尾吧，可眼下这个结尾却迟迟不肯露面。

李玉珍进来了，很急地对孙明正说："揣德强到市长那里去了，市长让你赶紧去一趟。"

孙明正一愣："不是说好了两天之内答复他们吗？ 我都准备好了，明天一早给县里打电话，告诉他们咱们就去。"

李玉珍说："够呛，听说杨光复也来了，直接找的市委书记，连林光年都没找，青远的梁书记也为这事找过书记。"

孙明正就明白这事要坏菜。 大凡某矛盾解决时，最好的时机是迎着抓在苗头上，等到双方把关系扩展开来，各自多少都拉到些对自己有力的后台，事情就不好解决了——伤一方就不光是当事人的一方，还有各层领导人呢……

楼道里这时来了一伙子人，打头的就是青远县的一把手梁大鹏。 梁大鹏隔着门就喊孙明正，那样子是再熟悉不过了。 孙明正自然不敢慢待，因为梁大鹏和自己是一年的兵，还是一个车皮拉内蒙古去的，在部队三年里有两年在一个排，站岗净是上下班。 回到地方后老梁干工业，后来调县里当县长，一年前当了书记。 梁大鹏肚子鼓鼓地进屋说老孙你可真是孙猴子怎么还这么瘦！ 孙明正说你可胖多了快成八戒了。 大家都笑，看上去自然而又随便。 孙明正发现梁的身后有个五十多岁的小老头，说他是小老头是因为他虽然也穿戴齐整，但皮肤和形象都告诉你他是个乡下的干部。 孙明正忽地就想起来，这就是杨光复呀！ 在一次什么会上见过他上台领奖。

梁大鹏看来在孙明正面前毫不掩饰，一闪身子把杨光复介绍给孙明正，然后说："明正，他村的事你也都知道，我也不说请多关照，那都是日本人说的，反正这事你别给我弄复杂了。"

孙明正这时只能是笑笑而已。 他什么都不能说，也没法说，说了就是麻烦，这可不像帮人家买啥东西，说我一定尽力，买成买不成反正心意到了，这事你要是一说，人家就拿你说事了。 孙明正对此有经验：别的不说，让座倒水上烟。

梁大鹏说你别忙活我还有事，带着人就走，孙明正留不住只好送出来，到院里一看梁大鹏都坐奥迪了，钻进车里梁大鹏扔给孙明正一条红塔山，说："去县里找我！"车就开了。 那杨光复坐的是桑塔纳，意意思思地想跟孙明正说点啥，孙明正还能不明白这个，这叫领导在场不方便，领导走了找你单兵教练。孙明正跟杨光复点点头转身要走，杨光复说："孙主任，有句话告诉您。"

孙明正只好站住："您说。"

杨光复道："姜国英她娘不行了，一早我听说的。"

孙明正愣了："她，她家也不在青远呀……"

杨光复说："对，隔着一道山。我没跟您说过，姜家和我们有亲戚。今天早上我让人给送去……两千，小意思。"

孙明正听得后脖梗子发凉。好家伙呀，原指望自己清清亮亮地下去看看，没承想人家早把自己都研究了一遍，连自己丈母娘家的事都弄清楚了。这时孙明正只好让自己的脸上表现出一种让对方琢磨不出来是什么意思的笑意，说是感谢你也行，说是不大领情也行，说是要回去想一想也行，说是小视你也行。这种表情的含义还是老陆给总结的，老陆说这种笑是皮笑肉不笑肉笑筋不笑筋笑神不笑神笑心不笑……孙明正说去你的我这表情成了啥了，老陆说就成了一个信访办主任，这辈子你二小扛房梁，官就顶这儿了。孙明正说其实咱是一片诚心想给群众办事。老陆说那就坏啦，那就是群众的尾巴啦，像你这样具备这种功能的笑最棒。后来孙明正琢磨琢磨，觉得老陆别的都是瞎掰，这种笑有的场合还是必要的，不然喜怒形于色就让人家牵着鼻子走了。

杨光复坐上车走了。孙明正想去市长那儿，走到半道老陆和严部长过来，老陆指着孙明正说："看看看看，你这点破事把我们都牵扯进去了！"

严部长说："让我俩也参加。反正还得靠你。"

孙明正乐了："有你们挂帅我就放心啦，啥时候走？梁大鹏刚来过。"

老陆说："明天不行，明天我那亲家老小子结婚，后天去吧。"

严部长说："部里这两天有会，我想你俩先去，我晚去两天，回头我让我们部长跟市长说说。"

人家这么一说，老陆和孙明正也不好说别的。严部长说完就走了，老陆还是一肚子火总想往孙明正身上撒，他说："我看这机关里跟谁来往也别跟你来往，你上辈子准是个媒婆子。"孙明正笑道："你上辈子是个'爬卵子'（公猪），爱串门子。"秘书长的活可就是与各部门打交道，除了打电话就是串门子说事呗。俩人正说着，沙老太吹着哨从楼里出来，这表明她一天的上访活动将要结束，开始吹收工哨子了，这时的哨音听着就不像早上那么难受了。老陆瞥了一眼，说："瞧瞧你这支队伍。"转身就走。

孙明正冲着沙老太一指老陆，沙老太就跟了上去，一会儿就听老陆喊："我不是信访办主任，你跟着我吹干啥！"

孙明正赶紧溜了。

去青远的那天早上秋光很好。远山近水树木庄稼，盘山路就在其间绕着，空气极清爽，全然没有市里那股浊味儿，不远就见红砖青瓦的村庄或偎在山洼里或掩在绿荫中。 这时节世界总的色彩是一个绿，但已经从翠绿向深绿走去，而淡黄已开始萌生，估计很快就是一个金黄色的收获季节。 孙明正这时比较开心，因为这面包车里还有不开心的老陆，有老陆同行，孙明正的心理压力无形中就减去一大半。 尽管老陆也是正局（处）级，但人家是政府秘书长，是大管家，一般说来秘书长比某些副市长说话还算数。 有老陆参与这次调查，将来向领导汇报和提参考的意见，都是再方便不过的。所以孙明正就比较放松地看着车外的景色，并慢慢地抽烟，又看那烟儿在风中迅速地消失。 此去同车的还有李玉珍和那个新分配来的女学生，叫王静。 这王静看来是有点门路，本来按规定新毕业的大学生一律不准进党政机关，王静七月份毕业就分到县中学了，这才几个月，就折腾上来，而且是林光年说话给安排在信访办来了。 孙明正就因为王静后门走得硬，便有点不待见她，但这次李玉珍给她做了思想工作后，她积极地请缨上阵，这又使孙明正有些高兴；李玉珍愿意有个伴儿，孙明正也就同意了。

从市里到青远得走两个钟头，大家闷头闷脑地坐了一阵子，李玉珍说："孙主任讲个故事吧，活跃活跃。"王静也说："听说孙主任一肚子故事。"老陆嘿嘿一笑："不光故事，还有多半肚子坏水。"孙明正道："我不行，坏水多还得数陆秘。 陆秘常年便秘，肚子里存货多。"老陆说："还是你孙猴子存货多，你就讲讲沙老太吧。"一提沙老太，孙明正心里就有点不好受，说："也好，我讲讲，咱们也看看群众为啥看重这信访。"老陆说："得，我也受受教育。"

孙明正就讲沙的身世，讲到老毛子兵到她家把她姐儿俩给"照顾"了的时候，因为这车里有女同志，所以只能用"照顾"这类词儿。按说一般人都能明白是啥意思，可这王静不明白，不明白你不说不也就过去了，这丫头还挺好学，问："孙主任，咋把她姐妹照顾了？"孙明正好不自在，说："不是我。"王静说："是，我是说那老毛子兵咋照顾的？给粮食还是给啥？"老陆强忍着不笑，在一旁撬火："是啊，老孙你说呀，关键的要说清。"孙明正瞪了老陆一眼，又看李玉珍，李玉珍四十挂零老娘儿们，从基层一点点干起来，对这些故事啥的根本不当回事，便笑道："照顾了就是给祸害了，这你还听不出来？"王静弄个大红脸："都怪孙主任不讲明。那苏联兵不是好人吗？"李玉珍道："是好人，就是喜欢大姑娘。"王静故作镇静说："上学学历史，老师可没讲过。"孙明正心想这些人念书念成这般模样了，真真是该到实际中来了，挺大姑娘愣听不出"照顾"是啥意思，这学上的。

书归正传，孙明正接着说。说这沙老太十八岁时出落得花一般的模样，那时候就"大跃进"了，她就进鞋厂当工人，做布鞋，使个夹板纳底子，纳了没多少日子，鞋厂厂长就发现了她，又想……孙明正停下想词儿。李玉珍说："直说得啦，又想'照顾'她吧？"

孙明正谁也不看，"嗯"了一声。

老陆说:"老孙,离开'照顾',你还能讲吗?"

孙明正抬头瞪老陆:"她这事离不开呗,离开了就没这事啦。 算啦,我不讲啦!"

王静吓得脸都白了,小声说:"讲吧,我不问啦,我都听明白了……"

孙明正安慰王静:"你别怕,我不是冲你。 老陆你少道貌岸然,你讲讲你解决搞破鞋的那些事,我听你用啥词儿,我也学学。"

老陆得意地说:"反正咱不用'照顾',咱有的是词儿,嘿嘿。"

李玉珍说:"这类词多啦,什么'糊啦','那么着啦','动真格儿的','操练起来',还有谁发明的,说给'日本'啦,咯咯咯……"说得她自己直乐。

孙明正朝外看都快到青远县城了,又看人家王静挺认真地等待着,就又接着说,这姓沙的没同意那个厂长,因为那厂长是个麻子,实在不大好看。 麻子由此怀恨但又不死心,先是让沙当出纳不干粗活离自己近点,没人的时候就摸沙一把问身体咋样,摸得沙直尿裤子。 后来沙赶紧找了个对象,一找对象麻子厂长就急了,说沙搞不正当关系,威胁沙必须依了他。 沙害怕,和对象想跑,跑之前沙干了这么一件事,就是她在互助会里存了三十块钱,这些钱又都是她保管,她就把自己这三十块拿出来,又写个条说明我拿的是我自己的,然后俩人就跑了,这一跑就倒了霉啦……孙明正眼睛朝外一瞅，忽然喊："停一下车。"大家都愣了。 孙明正指着一个正在挑水的中年汉子说："李玉珍，你看是不是柳火烧？"李玉珍眨眨眼："脸上像，可柳火烧不是瘸子吗？ 咋挑起水来啦？"孙明正气得脸都白了，跳下车问："柳火烧，还认识我吗？"那男子愣了一下，说："认识，孙主任，多谢你啦，把我那烧饼摊给落实回来啦。 脱贫致富奔小康，功劳都在您这儿。"孙明正摆摆手："别给我戴高帽，我是说你这腿，咋不拄棍子啦？"柳一低头，嘿嘿笑道："官司打赢了，就不用啦。"孙明正说："干啥要骗人呀！"柳道："都骗。冯瞎子，还记得吗？ 盖房时他能在远处吊线，那眼神棒着呢！"孙明正气得要蹦高，这俩人的事都是他批下来的，按理说不该办那么快，但他俩一个瘸一个瞎的可大院一走，弄得上下都说老孙你快给他俩办了吧，闹了归齐都是装的。

柳说你等等，挑着水桶嗖嗖往家跑。 老陆坐在车里说："这腿脚，空手咱也追不上。"李玉珍说："这事多啦！ 那天来个女的大肚子，谁也不敢碰她一点，出去了从腰上解下好几辫蒜卖。"王静："哎哟，那还能吃吗？"李玉珍说："一样都卖出去了，老陆那天就买了一辫，我骑车看见了。"老陆："那你咋不告诉我？ 我说咋卖得恁便宜呢。"李玉珍笑了："得保护上访者的合法利益嘛……"

柳火烧端着一簸箕热腾腾的火烧跑过来。 孙明正推辞不要，柳千谢万谢，到了把火烧放在车上。 孙明正没法了，把簸箕还给柳，说："好好做生意吧。"柳说："放心，不去访了。 老百姓呀，不逼急了，也就忍了，谁愿意撇家舍业地去给政府添麻烦。"

这话就把车里的人都说得心情有点沉重了。 默默无言中车启动了，听柳在外喊有空儿上咱大杨树沟来呀，孙明正忙朝外望望，才看清到青远县城关了，他想起来这大杨树沟就在城关。 他注意到路边有大烟囱，是砖厂，还有几个大鱼塘，靠山脚还有冒白烟的白灰窑，后来看见路边的房子多起来，有一座二层楼立在里边。 再远一点的地方，青山下有一片挺高挺好看的松树，不用说那是坟地了，孙明正又想起这回的上访中，坟地是件很重要的事……

转眼进了县城，也就到了招待所，迎候的人已经等在停车场上。 王静说："这一路，好像学得比我在学校学四年都多。"

孙明正说："别那么说，分啥事，人家大学也不讲信访。"

老陆说："还挺谦虚啊。"

孙明正说："比不过您。 您请吧，先说好，我喝不了酒。"

老陆一屁股又坐下："那咱回去吧。"

孙明正仰起脸："随便。"

招待得太好了。

招待得越好孙明正越不安，很显然县里的意思是不能听揣德强的，话虽没说得那么直露，但老梁亲自陪着喝酒，喝五粮液，晚上又安排舞会，回来又要搓麻将，这种礼遇老陆没少承受，可孙明正还是头一回。 头一回心里就有些发毛，喝酒时说胃不好，跳舞时踩不上点，打麻将又说不会。 后来老梁和县信访办苏主任走了，屋里就剩下孙明正和老陆了，孙明正说："老陆，你看这阵势。"老陆说："看见了吧？ 老孙，要有主意。"孙明正没听明白，说："是，一定秉公办事。"老陆没说啥，他喝多了，红头涨脸脚也不洗躺下就睡，呼噜山响。 孙明正睡不着，干咳两声，老陆那边根本没反应；蹬一脚床帮，人家翻个身又呼起来。 孙明正摸摸自己身上排列整齐根根突出的肋骨，暗叫真是受苦受累的命，这辈子怕是学习不上老陆了……

　　第二天早上，饭是四个熟炒和羊肉馅饺子。 苏主任把酒壶拿上来，孙明正说啥也不让，说上午就得开始了解情况，早上喝酒一天都迷糊。 老陆说昨天的酒劲还没下去，苏主任说再喝两盅投投，就是洗衣服用清水洗二遍的意思。 李玉珍不管那套抄起筷子就吃，王静开始有点发傻，可能有点纳闷，这是早晨饭吗？ 一个劲儿看窗外的太阳，后来李玉珍捅她一下才跟着吃起来。 孙明正怕老陆喝酒误事，同时他也知道老陆身体不太好，心里还有点保护老陆的意思，所以坚持早饭不喝酒。 可劝酒的老苏词儿特多，弄来弄去不光老陆喝起来，连孙明正也没躲过去，也跟着造了好几盅。 等到结束下来都九点多了，老陆说我不行啦，你们辛苦吧，倒下就睡。 孙明正用凉水好一阵洗脸，然后跟老苏说咱们去村里吧，老苏跟孙明正关系不错，老苏把小会议室打开，请孙明正坐下，说："孙主任，有句话想跟您说，这案子县里乡里都有明确的意见，您还真想见个高低？"

孙明正想想说："高低谈不上，既然领导派我来了，我得去看看。"

老苏说："看看容易，就怕看完了不好表态呀。"

孙明正说："这你不要担心，我自有主张。"他话说得很平静，心里却不平静。 虽不能断定这件事杨光复很可能不占理，但从县里的举动看，分明是有些不安的成分。 孙明正说咱们这就去村里吧，我必须马上与揣德强见面，不然他们以为上面没动，又会去市里。 老苏问什么时候听乡里和县里的介绍，孙明正说等从村里回来听。 老苏说老陆怎么办，孙明正说让他先睡着咱们去。

老苏只好陪孙明正去大杨树沟。 因为这村就在城关，不远，坐车一小会儿就到了。 到村里自然先到村委会，果然是孙明正在车上看见的那座小楼，杨光复早已带人迎在楼外，彼此介绍一番进楼内会议室分宾主坐下。 孙明正向四下墙上一看，全是各种奖旗和奖镜，红的黄的呼啦啦一片，挤得全无一点空隙，颇有些气势，同时又像是一股压力，让人有点喘不过气来。 杨光复现在是地道的庄稼人打扮，青衣裤布底鞋，小脸上满是憨笑，手里提着个小烟袋锅，这与揣德强他们所说的家长制一言堂熊瞎子打立正一手遮天，为亲友谋私利把工厂和挣钱的副业全低价包给他们，同时侵占集体土地为自家修坟茔地等等事件似乎有些联系不起来。孙明正心想这要真是联系不起来却也就好了，一个村子弄出这些旗子和奖状原本也不会容易，一个村干部在乡里县里干得有些地位也来之不易，一些村民提意见也是常有的事，没有哪个干部能干得方方面面都说好。只要不违法乱纪，没有经济问题，现在形势下就是多吃多占点，仗着权力收点礼啥的，都没大事，用不着兴师动众地翻锅烙饼，那样实在是太费事……

杨光复见茶水和烟都上好，手中小烟袋锅向外一挥，村干部立即都退出去。孙明正对这一独具特色的动作看得很清楚，这个无声的命令充分显示了这位主人的权威，真乃此时无声胜有声。孙明正觉出自己刚才良好的愿望开始有些破裂，但他仍然希望不要从根本上破裂——与基层党政能取得共识的事情要好办得多，反之，若与揣德强他们意见相同了，弄不好就是一场腻歪仗。杨光复这时就开口笑道："各位领导光临大杨树沟村，我们很欢迎。咱明人不讲暗话，你们都是信访部门的，是带着问题来的，还是你们问，我来答，这样节省时间，怎么样？"

李玉珍说："痛快，这样好，只要您不介意。"

杨光复哈哈笑："不介意，不介意，我这辈子没少让人家问，问问好啊……"

因为李玉珍熟悉这件事，而且她来过这儿，与杨光复打过交道，所以开始还是由她来问，孙明正则让老苏去找揣德强。 李玉珍主要问两个问题，一是村办企业承包人与杨光复的关系，主要是亲属关系以及承包基数是如何确定并兑现情况，二是坟茔地原先多少现在多少。 对于这些问题，杨光复胸有成竹不紧不慢地一一答复，说举贤不避亲，招标全部公开，亲戚承包的确实不少，有妹夫、小舅子、连襟，剩下的论起来也都能算亲戚，乡下都这样；至于承包基数和兑现情况我记不清楚，都在大队会计那儿。 关于坟茔地原先是多少现在还是多少，不存在多占地的问题。

杨光复挺干脆地说完，就抽起烟来。 李玉珍问大队会计在不，杨说不在家去北京购钢材去了。 李玉珍无奈之下问："请原谅，我问一下，你个人的收入是怎么个情况？"

杨光复道："补贴。 和其他村干部一个样。"

李玉珍又问："一个样？ 就凭那收入能盖那些房子？"

杨光复道："自然还有别的进项，养猪喂鸡，庄稼人嘛，可地抓点啥都能变成钱，就看你干不干了。"

简直答得天衣无缝，李玉珍看看孙明正，孙明正也不想问了，他知道也问不出啥来。 忽然院里传来揣德强的声音："我不进去，让他出来。 好家伙，一来就扎到这里来，群众的意见能听得到吗？ 弄不好还是官官相护有牵连！"

孙明正脑袋嗡地响了一下。 揣德强说的这是戏里的词儿，是秦香莲万般无奈下说包公的，包公当时是受震动了，因为那是贬低了包公的人品：你把事情都查清了，到头来你又不秉公办了。 孙明正来气在这儿，说你揣德强不能随便指责人呀，我来村里不到村委会到哪儿！ 你也没听到我说个啥你凭啥说我官官相护……想到这儿孙明正都不想去见揣德强了，但王静这时说："孙主任，他来了。"孙明正也只好站起来出去。

揣德强不是一个人来的，身后有十多个人，都是膀大腰圆的小伙子，再看楼四周，不知啥时也来了二十多条汉子，个个横眉立目的，两支队伍阵线分明。 孙明正不由得倒吸一口凉气，心里说好家伙你们要武斗咋着？ 这里若是搞运动省事了，甭发动一招呼就起来。 孙明正就上前告诉揣德强我们已经来了，你们耐心等着。 揣德强说我们就在这儿等着。孙明正不能硬撵他们去，只能说你还是回去吧，有了结果自然会通知你们。 揣德强不干，非在这儿等着不可，孙明正说爱等就等吧，但要理智别做框外的事。 揣德强说我们没权没势我们做不出来，要做只有他们能做出来。 对方就有人问你说谁呢！ 这边也不含糊，说就说你，那边说你是找不四至咋的！ 四至原指土地或房基四界，土话意思是合适舒坦；不四至就是说你找不舒服，这是要打架的挑逗话。 孙明正一听就明白，而且他也看出来，眼下是揣德强这拨人要挑事端，这也是集体上访的常用之法，只要一打起来，再加上点伤亡，往往能加快上级解决问题的速度。 而这时被告者中又常出现一时糊涂的人，以为对方挑衅责任不在自己，打就打呗，结果打起来就很难分清谁是谁非了。

孙明正脑袋上就冒出汗来，这实在太可怕了，信访办主任在斗殴现场，轻则需要你出面做证，重则说你是哪一方的幕后操纵者。孙明正赶紧劝说双方都要冷静，总算没有打起来。但这时老苏接了个电话，出来告诉孙明正，梁书记要陪省里一位厅长来村里看看，必须确保领导的安全。孙明正明白这里的干系，说："这事你跟村里说。"

老苏说："杨光复说揣德强他们是您引来的，他不管。"

孙明正说："爱管不管！老子不代他受过。"他招呼李玉珍和王静就要走。

杨光复从办公室里出来，说："别走啊，弄成这样就想走，这也太容易了。"

孙明正问："你要干什么？"

杨光复说："干什么？我要叫县里省里领导都看看，你们是怎样打击我的。"这时杨光复的小脸一下子变成另一个样了，骄横中带着粗野，愠怒中含着暴躁，方才庄稼汉的形象全找不着了。

孙明正严肃地说："谁打击你啦？"

杨光复跺着脚说："你们都打击我！妈的，上来就问我这问我那，找老子的小脚，老子不怕！老子啥场面没见过，妈了个巴子，打官司告状，老子请律师陪着你们！来鲁的，老子一个脑袋也得换你们三四个！"他指着揣德强又说："你小子别美，有能耐你一包炸药崩了我！要不一刀子捅了我！想整倒老子，没门儿！"

杨光复这么一来浑的，他手下的人都跳了高。不知谁抄起块砖头扔过去，双方就动起手来，乒乓一阵打，就有人倒在地上，村内叮当响起锣声，双方又有不少人提着家什冲过来。孙明正的头被乱飞的石头瓦块打破了，李玉珍和王静都吓得灰头白脸，老苏拉起孙明正说快撤吧，孙明正还算镇静，对杨光复说："你现在还是这村的支部书记，出了人命，你罪不可脱！"老苏说："老杨你真糊涂，梁书记咋嘱咐你的！"

杨光复小眼睛眨了眨，好像是冷静了一些，转身跟下边的人喊了两嗓子，他的人就渐渐停了手，局面比先前平稳了。揣德强那边的人肯定是吃了亏，有俩人躺地上不起来，揣德强喊："打死人啦！想不打啦？没门，今天非跟你们拼个死活！"李玉珍冲上去喊道："你想进大狱是不是？你住手吧！"这话还真灵，一下子把揣德强给镇住了。

双方僵持着，按说慢慢就该散开，该看伤的看伤，该想辙的想辙，在地上躺的那俩人没死也坐起来了。偏偏这时就来了梁大鹏一干人。他不知道这儿打起来了，还带人陪领导来村里看看。他们这一来可不得了，双方都围上去告状，坐在地上那俩人又躺下了。梁大鹏毫无准备弄个措手不及，皱着眉头不说话，看见孙明正受伤了，不得已问了句："伤得咋样？"孙明正说："没大事。"梁大鹏小声说："你没大事，我这儿事可大了，领导来考察小康，这乱哄哄的能成小康？"孙明正说："这村的事你就该下狠心抓抓，总这么着也不是事。"梁大鹏说："你说得轻巧，哪儿是一下狠心就能解决的事。 我说老兄，你可别给我再添乱啦！"

这最后一句话差点把孙明正气个跟斗。 原来这才是梁大鹏的心里话，正所谓急中吐真言呀！ 孙明正嘿嘿一笑："行，到了说了真话。 这就对了，咱们是老朋友，有话直讲，最好！"

梁大鹏觉出有些失言，忙说："老孙，你拉倒吧，有话回去再说。"

省厅的领导很关心这事，听说市里信访办主任也在这儿，就找孙明正，告诉孙明正要认真解决，无论如何不能再出现斗殴的问题，而且还批评了孙明正，说你应该制止住嘛。 孙明正这时也顾不上了，说："制止？ 不制止我脑袋能流这些血！"说得那位领导一个劲儿点头，让孙明正快去看伤。 孙明正还要坚持，李玉珍和王静死拉硬拽地让他上了车。 车开了一会儿，王静呜呜就哭起来，说："孙主任，闹半天咱们信访净跟这些事打交道呀！"孙明正说："也不是净打交道，偶尔碰见。"王静说："二位主任，我说咱们干脆别干这个了。"李玉珍问："干啥？"王静说："咱哪怕开个饭馆，也比干这个强。"孙明正说："那倒是。 不过我不想干。"

老陆感到很不安，对县里大发雷霆，要求查出伤害孙明正的凶手，公安局长也来问受伤的情况，孙明正说快拉倒吧，满天飞砖头子，你找谁去？ 反正我这脑袋也就破了点皮，想事认人还中，就别再找麻烦了。 老陆说不行，这简直是太岁头上动土老虎嘴上拔毛胆敢砸信访办主任！ 拉着架子还要较这个劲。 孙明正就说："老陆你别拿我当幌子，我对你还有意见呢，你比我官大，你到这儿喝酒睡觉，不够意思。"

老陆挠挠脑袋："是有点对不住你啦。 我这招儿都用了好几年啦，旁人都没好意思给我提，今天让你点破了。"

孙明正笑了："一醉啥事都躲了，你就这么心宽？"

老陆笑道："不是还有你们这些特兢兢业业的人嘛。 当然，也不是啥事都躲，都躲就对不起党的培养和信任了。"

孙明正说："你别耍嘴皮子，就说这事吧，往下你还躲不？ 你要敢睡半天，我就敢躺一天，回去咱就如实说。"

老陆摇摇头说："哎呀老兄，你还是不够道行呀，要说眼下这事，咱们千万得多加小心，切不可陷进去，到时候就没有退路了……"老陆就分析了起来，他认为当前最关键的不是杨光复有多少违法乱纪的事，也不是揣德强有多少占理的事，关键是县委县政府的态度和上级主要领导的意见，倘若县里拿出全力保一个人，甭说他违法乱纪，就是杀人放火也能让他不死，当然也有保不住的，那是撞到点上了。 这么大个中国，老百姓的官司很难件件摆平，稀里糊涂模糊下去的事多啦。 另外就是主要领导，别看林光年那么严肃那么像回事，一旦这事闹大了，他也左右不了局面。 上面要是说要保护改革者，要看主流，咱调查的那些事就不是事，绝对不是个事。当然啦，要是领导觉得该抓抓反面典型了，他就是多喝一顿酒，也能把他给处理了，所以，咱们得摸清了脉搏再干……

老陆说得头头是道，孙明正干这么多年了一点就透，只是他从来不愿意把事情往这边想得这么清楚，那么着干工作还有个良心没有，还有个实事求是的标准没有，就实在不好说了。当然人家老陆说的这也是真经，干活不由东（家），累死也无功。问题是咱不是扛长活的，好歹咱是党员是干部呀……心里这么想着到了吃饭的时候，苏主任满头是汗地也回来了，说："哎哟天呀，冯瞎子刚才在街上要拦车，可把人急坏了。"孙明正问："他拦车干啥？"苏主任说："还不是他们村的烂事，都想掺和掺和。"

中午饭单独在招待所的小餐厅，一摆上就看出这顿饭非同一般。梁大鹏过来说："今天中午这叫谢罪酒，主要是给孙主任压压惊。请你们放心，有我梁大鹏在，大杨树沟的事没啥了不起。"孙明正等人都没说话，王静却说："没啥了不起的，可那拨人一个劲儿去市里咋办？"梁大鹏愣了一下，笑道："他们要是不去，要你们信访办干啥？"李玉珍说："梁书记，这话说着轻巧，实际上可不是那么回事。"梁大鹏不直接回答李玉珍，而是冲着老陆和孙明正说："喝酒，喝酒，喝了再说。"老陆一仰脖喝了，孙明正抿了一下，说："你说说，我们也明白明白。"梁大鹏说："那得干了。"孙明正真的就干了，并把酒盅倒过来让梁看，李玉珍和王静也干

作者像

治印

挥毫

何申在书房

何申在蒙古

何申与夫人

了，梁大鹏没啥话可说了，只好说："这个案子，现在看来又出了新头绪了，刚才你们离开大杨树沟后，你猜怎么着，省厅那位领导才露了真情，敢情六九年他就在这村下过两年乡，和杨光复还有揣德强他爹都熟识。他们在一块儿也不知说了啥，回来路上他就跟我说对这村的事一定要慎重……"老陆仰脖又喝一盅："我的妈呀，喝酒！"

梁大鹏说还要陪旁人，走了，剩下这桌人吃得无声无息，连端菜的小姐进来都发毛，以为这开什么圆桌会呢。后来还是老陆说："各位，咱得乐呵起来，别这么着呀！回头人家干架的双方都没怎么着，咱们却急出个好歹的，叫人家笑话。"李玉珍说："就是有点笑不起来。"苏主任说："干信访的，笑不起来也得硬笑，那笑比哭还难看呢。"王静说："要是那样咱不乐不就得啦？"老陆说："不乐也不行，就得心里不乐脸上乐，硬乐呗。"

孙明正到了没说一句话。吃完饭再回房间时一看都给换成单人间了，老陆说省得我打呼噜你睡不着，孙明正也正想一个人静下来想想，就进房间躺着抽烟，抽抽觉得头昏，他就把烟扔到痰盂里……忽然他就听门外有人叫自己的名字，而且是叫小名二蛋子，原来是老爹……孙明正犹豫了一小会儿，心想爹不是死了吗，可眼前又确实是爹，还穿那件破黑夹袄。他只好随爹走，走走就见到了家，家还是那样，三间旧草房，窗门黑洞洞的深不见底似的，娘正蹲在灶坑前烧火，烟熏得她两眼烂桃似的通红……孙明正心里好一阵子发爹，就问现在都在奔小康，咋咱家还是这般光景，老爹没说话，老娘说庄稼人想奔小康，可不是那么容易，谁把老百姓真正当回事呀……这话让孙明正很不愉快，心想娘这人本来一生又能吃苦又能忍耐，今天咋出此言。同时他心里又别扭，家里怎么破房依旧面貌未改，他感到心口憋得慌，他就喊呀喊，可也没人理会，后来他一使劲就醒过来……

原来孙明正做了个梦，这梦做得他心里翻来覆去的，躺也不是坐也不是，连抽了两根烟还是烦，摸摸脑袋还行，不使劲按不疼，他推开门就下楼出了招待所。街上阳光很亮，原来天上蓝蓝的没有一丝云彩，日头稍稍偏了西，而这县街又是随着河床东西走向，于是光线就毫无遮挡地灌得很足很足。街边的商店如今已显示不出做生意的气势来，风光让沿街的摊点尽占了，红红绿绿五光十色简直是应有尽有，就在最热闹的十字路口，几个打拍吹笛的算命瞎子正在招揽生意。孙明正从来不信这个，而且曾对这个行业的复苏感到气愤，后来听那个冯瞎子说都是为了混口饭吃嘛，他的情绪有些平和了，但他从来是不算卦或看手相的，甚至从不多看一眼干那行的人。不过此时他下意识地想找那位冯瞎子，他仔细看那几个人都不是，他不死心，上前说要找大杨树沟的老冯，并表示愿出一个卦钱。于是立即有一个年轻的把手伸出来说我可以带你去，孙明正掏出钱来，立刻就被领进一个胡同里的小旅馆，推开一间屋门，见冯正在炕上摆弄三张扑克牌。冯开始愣了一阵，后来认出来，笑道："吓我一跳，孙主任，我也不上访了，你找我干啥？"孙明正想让对方放松一下，很随便地问："咋不访了？"冯说："有那时间，不如想法去挣钱。"孙明正说："这就是三张牌吧？ 靠这去骗？"冯笑了："咋都是骗，算卦也是骗，这也是骗，一样。有事您快说吧。 我还得练呢，手太慢。"孙明正说："想问问你杨光复家坟地的事。"冯说："这我清楚，那儿的风水还是我给看的，那地方后有靠前有照还不犯水，很不错呢。"孙明正问："原先是多大面积？"冯朝窗外瞅瞅停下来，想了想问："你问这干啥？"孙明正说："想了解了解，你放心，我不会把你露出来。"冯摇摇头说："算啦，我惹不起人家，我不知道原来地有多少。"孙明正想激他一下子，便说："没想到你这么稀泥软蛋。"冯道："我可不软蛋嘛，这年头王八有钱大三辈，有权的是大爷，我啥都没有，有俩蛋还没媳妇，连他妈的软蛋都不如。"孙明正说："你有房子，其实你要好好干，也不愁没人嫁给你，我就可以找人帮你找找……"冯瞎子对这点很看重，想想说："真的？ 要那么着我就给你露一点，原先两个坟包，现在够起三十个，多大地方，你自己想吧。"孙明正还想问啥，忽然看窗外有个很熟的面孔正朝里望，原来是苏主任。 苏主任叫："孙主任，您出来一下。"孙明正只好出来，问："啥事？"苏主任悄悄地说："这地方不安全。"孙明正心里全明白了，说："有你保证着，有啥不安全的？"苏主任脸红了："是这么回事，下午想请你们去洗温泉，有人说您上街了，我就打听来了。"孙明正说："我这脑袋能洗温泉？"苏主任说："那地方风景也好，梁书记想让您散散心。"孙明正真想再和冯瞎子谈谈，转身一看，冯那屋门关得严严的。孙明正叹了口气，说："老苏，咱们可是老朋友了，咱又都是搞信访的，我看你这次举动有欠妥当呀。"苏主任也叹了口气："孙主任，我就知道您早晚跟我说这句话。说实在的，我也不愿意这么干，可没办法，上面就是这么交代的，我敢不执行？"孙明正激动起来："老苏，党性呢？真理在哪里？"苏主任点点头，说："您别激动。可您想过没有，要是市委书记或市长对某事有了决定性的意见，您该怎么办？"孙明正被问得不好再说什么了。

很明显老苏这里是不会给帮多少实质性的忙了，他当然得听梁大鹏的，可梁大鹏得听市里的。目前情况下，他就得听老陆的，秘书长的权威是不可低估的。孙明正转回招待所跟老陆说咱打扑克，老陆说你这就对啦，该放松就放松，我已经跟县里说了，明天听汇报。然后就把李玉珍和王静找来，四个人打起五十 K 来，打了一阵孙明正问老陆："老陆你家啥成分？"老陆一愣："贫农。咋着，问这干啥？"孙明正说："冲你这心宽劲，我还以为起码是富农呢。"老陆不爱听了："富农成分就心宽？这是咋说的？"孙明正说："我这是瞎说。我是说遗传，原先讲是阶级影响，穷人总得惦着点穷人。"老陆放下牌，说："你是说我……"孙明正说："哪里，随便说着玩儿，打牌。"老陆说："你们打吧。我出去了。"李玉珍吓一跳："老孙你说这干啥？"孙明正说："没别的招了。中午我梦见我爹妈，心里好像就多了点群众，我也刺激刺激他。"他还想说点啥，楼道里呼呼地就来了不少人，女服务员尖叫起来。原来是揣德强那些人抬着受伤的人撞进来，口口声声要找市里来的调查组。老陆出来说调查正在进行，你们这是干啥？揣说打伤了人没人管不行。老陆说你去法院呀，揣说法院说案子太多要告就得排着，其实我早弄明白了，是县里有话，不接我们的状子。孙明正把揣德强单独叫到房间里，问："上午不是省里的同志给你们解决了吗？"揣德强说："他就说几句谁也不得罪的话就走了，啥事也不顶呀。"孙明正说："想解决问题也得有个耐心呀，像你们这样东撞西撞的，也不是事呀。"揣德强说："没法子，这心耐不下去了，等了好几年了，只好这么愣撞了，不撞你们这次也不能来。"彼此说了好一阵子，揣德强的人马也不撤，老陆有点上火，急咧咧地说："你们都先给我回去！要是这么缠着就不给解决了。"揣德强他们哪儿吃这一套，呼啦一下就把老陆围上了，要跟他说清楚。老陆还真不含糊，拉把椅子坐下说："哼，我还不信能把我吃了。"

孙明正就溜出去上了街，他还想去找冯瞎子，才走进那条胡同，就见迎面过来几个人，当中就有冯。冯的眼神毕竟不太好，没看见孙明正，但孙明正突然发现冯身边的人很有些面熟，好像是大杨树沟的人，其中还有人夹着行李卷提着破兜子。孙明正心中一惊，问："你们带他上哪儿去？"冯瞎子耳音好听见声猛地蹿过来，拉住孙明正，说："是孙主任，快救我一把。"那边的人要上来，这时在他们身后有人说话了。原来是杨光复。杨说："孙主任，咱又见面了。我村里建了个养老院，我要请我冯大哥回去享享福。"冯瞎子道："我享不了那个福，我不享！"杨光复道："老有所养，是社会主义的优越性。"冯瞎子喊："自力更生，是伟大领袖跟咱说的，你敢说不是！"

孙明正一看这阵势就问："杨支书，既然是好事，别弄得这么紧张呀。"杨光复道："这有啥可紧张的，就是请我冯大哥回村里。"冯瞎子紧紧腰带说："你把我尿都请出来了，还说不紧张！"孙明正这会儿心里也就琢磨出这里的原委，便有意对冯说："别紧张，你先跟我走吧。"杨光复马上说："跟你干啥去？"孙明正笑道："我请冯先生去算卦，算完了我派车送他回村。"杨光复小脸一绷："不中，今天他哪儿也不能去，必须跟我回去！"孙明正道："哟，你这是请人？"冯瞎子说："他们是绑票！杨支书你放心，我啥也不说。"这话一出口，杨光复脸色大变，给众人一使眼色，就要抓冯。孙明正张开胳膊喊："青天白日，你们敢胡来！小心犯法！"杨光复道："老子啥都不怕，上！"孙明正转身看街上有穿警服的，大呼民警，这下把杨光复等人给镇住了，冯瞎子趁机窜得没影了。

两腿沉沉地回到招待所，孙明正发现揣德强那些人没了，而且老陆、李玉珍、王静也没了。孙明正倒了杯水喝，正喝着梁大鹏推门进来，沉着脸说："我说老兄你也太不给我面子了，杨光复他们都闹到县委去了。"孙明正点点头，说："以前他们没去过？"梁大鹏说："以前就是揣德强他们一拨，这回变成两拨了。"孙明正说："你不认真解决，将来就得三拨四拨五拨。"梁大鹏说："你别吓唬我，就是十拨，到那时我的使命也结束了。好老兄，这事都经了这么多人的手了，你就别翻锅了。你是不知道，杨光复的亲戚朋友把持着各企业摊点的权力，惹了杨就是惹了他们，他们要是闹起来，比揣德强厉害得多。再忍几年，老杨也就到年龄了，到时候顺水推舟就行了。"孙明正心中震撼了，敢情天下都是明白人，官也是明白官，可惜都明白得大发劲了，结果该办的事也没人干了。孙明正说："老梁，不是我叫你的板，这事上面有要求，务必调查清楚。"梁大鹏说："那就看你怎么调查了，像你连冯瞎子住的小旅馆都不放过，这不成克格勃了嘛！"孙明正不爱听："我是克格勃，也是你这大官僚给逼出来的。"梁大鹏嘿嘿一笑道："那我就再逼你听我一回。"孙明正说："试试吧，就怕这驴脾气够呛。"俩人慢慢地把带点火的话都收敛回去，毕竟都是官场上的人，即使意思相左也不必撕破脸，那就有失身份了。但话还要说到，只不过说得含蓄或用另一种方式表达出来而已。

到了晚饭前，老陆他们回来了，衣服湿透了，脚上都是泥。见到孙明正，老陆说："罢了罢了，不看不知道，一看吓一跳。"孙明正问咋回事，老陆说那阵一上火让揣德强给将住了，就跟他们去看杨光复的坟地，原来以为不过多占点地的事，一看可不是那么回事，都是大墙围的，里面是水泥做的穴，万年牢，面积够他们十几辈二十几辈子往里埋，这还了得，群众还能没意见！ 还有就是一个砖厂三万块钱就包给他小舅子了，一年起码得收个六七十万吧；四个鱼池是一千块给了他的连桥儿。 另外听那个做烧饼的柳反映，这个杨光复为了当先进，净往县里送东西。 老陆有点激动了，又埋怨孙明正："关键时刻，你鸡巴跑哪儿去了？"孙明正一看屋里就他俩，就笑道："我哪儿也没去。 你那玩意儿乱跑，小心抓了你！"老陆吃了个亏，反击道："信访办主任，不就是一见大姑娘上访就主动接待嘛，揣德强要是个女的早就成了。"孙明正知道老陆顺过劲来，很是高兴，便说："那可不，你要是眼馋，往后有大姑娘小媳妇都支你那儿去。"老陆道："我不要，你自己留着吧。"

老陆受教育后重视了这事，但往下的事仍很困难，县里态度很强硬，明确表示在大杨树沟这件事上的态度不能变，群众对杨光复有意见是正常的，可以由乡党委政府去做杨的工作，甚至给予批评教育都可以，但如果因此就下决心把杨撤换了，就会产生不良的后果。 老陆和孙明正都问不良的后果指什么，县里梁大鹏没参加会，是位副书记来的，说不良的后果就是指在职的基层干部积极性受到挫伤。 孙明正说贪赃枉法和积极性可是两回事，杨光复那些事到底是不是事实？ 群众反映得对不对？ 副书记说这事我没查过，但梁书记说县里的意见是坚决不能变的，变了县委的权威会受到严重的损害。 老陆说看来你们是想要面子呀，就不想想党和政府的大面子……

交换意见的会开得很不愉快，气氛甚至有些紧张，苏主任开始替县里说，后来顺着调查的情况说又说到孙明正这边来，再后来看副书记脸子不好又往回说，再后来，就一个劲儿上厕所了。 散了会就不见了，说是犯了心脏病回家歇着去了。 老陆和孙明正、李玉珍、王静几个人都有股子要在这件事上做出点啥的劲头，回到招待所还相互鼓励，还制定下一步方案，主要是力争再组织一次调查组进驻大杨树沟，不弄个水落石出誓不罢休。 说说就觉出饿来，却总也不见有人来张罗去吃饭，王静去看看回来说："咱们吃饭的桌上坐了旁人，服务员说苏主任没安排。"老陆一听就火了："妈的，敢给我上眼药！"孙明正故意说："算啦，搞信访遇这类事多啦，您就跟我们受委屈吧。"老陆跳起来："受委屈？ 没门儿！"就怒气冲冲出去，时间不大，把个招待所长骂得狗血淋头地跟在屁股后面过来。 孙明正心里这个乐呀，心里说这回你小鬼可惹着阎王爷了。

饭自然还是吃得上，而且档次也不低，但县里已经没人陪着了，理由是苏主任病了。 这都是心照不宣的事，孙明正一笑了之，心想把事情调查清楚了，回去能有理有据地向领导汇报并及时加以解决，就是饿两顿也不算啥。 李玉珍说不用担心，只要老陆在就不愁吃不上饭，王静说以后我就跟陆秘书长一起出门了，老陆弄个红脸，说："不是一个部门，不行。"孙明正说："回头给调过去。"老陆瞪眼，单独和孙明正在一起时他说："孙猴子，你要再给我添色儿，我拍拍屁股可就走啦。"孙明正笑道："别别，我是好意，你需要有个女秘啥的了。"老陆说："用也得找个心眼儿多的。"孙明正说："对，心眼儿多的不往信访办调。"

调查工作又进行了两天，主要是深入到大杨树沟村实地调查。因为揣德强他们上告的事情线索都很清楚，像坟地，像砖厂鱼塘，都在那儿摆着，看罢就去找当事人。当事人有的死硬，也有的脑筋活，估摸这杨光复是美大发劲了怕是要走背字，所以就见风使舵两面做人了。况且有的也没法瞎编，像鱼塘承包合同从会计的橱子里一拿出来，大家伙都乐了，上面写着"现有四亩鱼塘包给×××，年租金一千元，试行，如收成不好可减半"。这还有啥说的，这叫承包吗？这不就是白给一样吗？细打听这承包人正是杨光复的连桥儿。像这类事实在是太多了，柳火烧偷偷向孙明正汇报说："杨支书坐在家里吃他这些亲戚孝敬的就吃不过来！"孙明正说："你们盼着啥？"柳说："大家伙的好处别让一个人占了就中，你当头的吃肉，也得让我们老百姓喝点汤吧。"孙明正问："你们杨支书原来是这样吗？"柳摇摇头："原来真不是这样，原来可公私分明呢，就打这五六年变的，特想得开，吃、喝、赌，还有……算啦，那个算个啥，人家有权有钱嘛。"孙明正知道他指的是女人，而这个在过去被认为是很了不得的事，如今竟变得很普通了。 据说村干部中凡是干得"好"的，包括做主做得硬的、说话特算数的，差不多都有相好的；如果村干部窝囊废一个，这种事就少，因为也没有人求你。

　　每天从村里回来，大家都挺兴奋，觉得这是干了点实事，这不光对群众有好处，对杨光复也有好处，警钟早鸣尚可悔悟，一意孤行后果不堪设想。 老陆尤其兴奋，这么多年主要是围着领导转，到哪儿听的全是顺心话，这回才遇见点新鲜的东西，他跟孙明正没敢吹，偷着跟两个女将说："当年我搞农村工作也是好家伙的，啥事也别想瞒过我。"李玉珍说："这回都看明白了吧？"老陆说："差不多。"才说完这话市里就给他打来长途，再回来他就兴奋不起来了，叹口气摇摇头，对孙明正说："让我回去啦。"孙明正急了："这，这还没完呢！"老陆说："就是因为没完才让回去，妈的，还是没看明白。"孙明正问："咋回事？"老陆说："就那么回事，你悠着点干吧。"孙明正还想问啥，老陆说："别说啦，梁大鹏告到上面去啦，奶奶的！"老陆气得直骂街，跟县里连个招呼也没打，坐上车又说："这个县往后想在我那儿盖个戳儿的，没门儿！"和三个人挥挥手就走了。 车走远了，孙明正心里很有一股子悲壮的感觉。 王静问："孙主任，下顿饭咋办？"孙明正扫她一眼，心里说这姑娘将来给人家做媳妇可好，吃了这顿想下顿的。 李玉珍说："放心，饭会有的。"王静笑了："对，面包会有的，咯咯。"孙明正沉下脸："笑什么！ 你还真笑得出来！"

苏主任像风一般转回来，说这两天心脏好多了，又问孙明正："老陆走了，您想啥时动身……"孙明正说："要撑咋着？"苏主任笑了："这可是您说的，我的意思是您先回去汇报汇报，再回来也不迟，现在需要听听领导的意见了。"这话里可就有文章了，孙明正还能听不出来，转天赶紧往回打电话，那边说正找您呢，林书记让您也快回来！孙明正问是怎么回事，人家说不知道，是领导让这么说的。孙明正只好说这就回去。把这话一说出去，梁大鹏马上就来了，还是老朋友长老朋友短那么叫着，然后又说了自己的许多苦衷。孙明正心里别扭也不便说啥，到吃饭前他觉得心里太憋得慌了，他蔫不叽地溜出了房间一下子就来到街上，穿过树林在河边坐了一个多钟头。他想着梁大鹏他们一定很着急派人四下去找，找也找不着，孙明正偷偷地乐了。后来他找个小饭馆吃了一大碗牛肉拉面，心说我才不饿着呢。回到招待所一看，众人都在发愣，苏主任问孙主任你上哪儿去啦，梁书记以为你被绑架了，连公安局都动起来了。孙明正说那就动吧，然后叫上李玉珍和王静去火车站。苏主任说轿车都准备好了。孙明正说承蒙关照，多谢了，背起兜子就走。

上了火车，王静说你可把我们吓坏了，一桌挺好的饭谁都没吃两口，孙明正说我可吃饱了。李玉珍说："这几天啊，可真有意思。"孙明正说："不提啦，注意保密。我接着讲沙老太吧……"就讲沙老太当时拿了这三十块钱和她对象跑了，跑出一百多里地在一个亲戚家落脚，把事跟人家一说，那亲戚很明白，说你私自拿钱可不是闹着玩的。 沙老太吓得够呛连忙把钱又寄了回去。 寄完了又跑出三百多里地，当然也是坐车不是跑步，想住宿没介绍信，派出所还把他们叫去审了半宿，怀疑他俩是台湾派来的特务。 后来给送回原单位，这一下子就完了，双双开除公职不说，男的判流氓罪劳教三年，沙判偷盗罪劳教一年，挺好的青春就这么着给糟践了……

　　孙明正自然说得有声有色，说得火车到站还没说完。 下车后王静问："这点事至于吗？"李玉珍说："至于吗？！ 处理得比这厉害的还有。"孙明正朝路边稍僻静的一个角落看，见几个人正围着一个人干啥，孙明正就过去了，见是正在玩三张牌的把戏，几个托儿夹着一个外地老客挺认真地往上押呢，其实人家都是一伙的，就算计你一个傻小子。 孙明正凑上前，李玉珍拉他一把，说："上当。"孙明正把手张开，意思是我没钱，他把手往摆牌那人脸前一晃，那人抬了头，原来是冯瞎子。 冯瞎子跳起来，说："好家伙，我正找你们，你把我害得好苦，差点把我抓回去！"孙明正不解："是我解救了你呀！"冯说："他们咋找着的我？ 还不是你头一次去给暴露了。 苏一直跟着你呀。"孙明正这才明白为啥冯瞎子那天一上来就吞吞吐吐的。 孙明正问："你拦省厅长的车，想反映啥？"冯说："想反映你们市里不把底下的事当事。"孙明正说："谁说不当事？ 不当事我们又去。"冯说："又去也白搭。 行啦，从此往后咱一刀两断，我也不上访了，就玩这牌了。"蹲下又耍起来。 孙明正说："哪天让警察抓了你。"冯乐了，说："抓了还得管饭，更好。"

进了市区见到处张灯结彩过年一般，细看看横标是全省有一个大型商品交易会在这儿举办。 到单位一看还行，沙老太、王大鞭子都没在，略问问情况，孙明正一个人就去找老陆，老陆不在，跟领导去部队搞慰问了。 他又去找林书记，林书记参加交易会的筹备会走了。 孙明正谁也没找着，心里有些着急，一怕超过林书记说的七天时间，二怕等交易会开上了揣德强他们就来了，这是极有可能的。 别看离着好几百里地，都有自己的眼线，市里啥时开常委会，啥时有重大活动，有时人家比你掌握得都清楚。 孙明正又转念一想，既然领导不在，急也没用，还是回家吧。 到家一看姜国英回来了，还带回不少山货。 姜国英说有功之臣您可回来了，我妈白给你烙饼摊鸡蛋了，临终你都不去看一眼。 孙明正刚要分辩，忽然想起那两千块，问："大杨树沟你有亲戚吗？"姜国英更精，说："啥大杨树沟，不知道。"转身就去收拾东西。孙明正绕过去说："请您认真回答我的问题，是不是有个杨支书送给你两千块钱？"姜国英说："是又怎么样？ 那是给我妈的，又不是给你妈的。"孙明正说："对，不是给我妈的，我妈早没了，可给你妈的也不行！"姜国英拉下脸："凭啥不行？ 人死了随份子，你也随过。"孙明正说："那是十块二十块，哪有随那么些的？ 还不是因为我办他的案子！ 你不拿出来，我就拿工资顶了！"姜国英知道孙明正的脾气，伸手开兜子取回一个信封子，扔到一边说："给你！ 瞧你那胆小样，两千块钱就吓成这样！"孙明正立刻就换了副面孔，说："国英，你这些日子怪累的，想吃啥我给你做。"姜国英哭笑不得，说："做个蛋！"孙明正不恼，说："就做蛋，炒鸡蛋煮鸡蛋蒸鸡蛋羹。"然后就真的去干，干得也真不赖。姜国英也是明白人，也就不再提这事了。 后来就聊起安葬老娘的事，姜国英就说我这次还带回点债来，就是老娘这些年的药费分给我五百块。 孙明正说五百不多，咱俩紧紧有俩月就能还上。 姜国英说还有儿子呢，孙明正也犯愁了，他儿子挺有出息，念完本科又念研究生，又要考托福，想去美国再读几年，孙明正本来不同意，但儿子坚持要考要去，前些日子说考托福需要三百美元费用，三百美元合人民币官价就是两千五百来块，这对孙明正二人来说也是一笔不小的数字。原因是这些年他们两家一头有老爹一头有老娘都得寄钱，儿子念大学开销也不少，所以月月收支大致相抵，也就没有多少结余。 可这话跟外人说人家都不信，就曾有人开玩笑说信访局长管打官司告状的，收礼可能都得排队吧。 孙明正心里说可真是冤枉人，别说咱不敢收，就是豁出来敢收，那帮诸如沙老太、王大鞭子的能有几个是能拿出点啥的，连烟卷还得抽你的。 再者说一看有的人说的那些委屈事（如果是真的），你都恨不得掏出个一二百给他，若收人家一分钱，你自己灵魂都会受谴责。 孙明正想想说："我这阵子嗓子总不好，我想把烟戒了，一个月能省出几十来。"姜国英说："要说为了身体不抽烟，我赞成。可要为了省那几十块，你就别省啦。"孙明正点点头说："贤妻啊，你真是贤妻呀。"姜国英说："别拿话甜人。我爱吃咸菜，自然就是贤（咸）妻。"孙明正说："我是贤（咸）人。你妈的药费要还，儿子的美元也要寄，不行先借点。"姜国英说："那两千块钱不能借一下？"孙明正说："半下都不行。回头因为这个我犯了错误，你也要后悔的。来，睡觉吧。"姜国英看看饭菜："我还没吃饱呢。你别放屁拍桌子遮羞，没钱就没钱，睡觉干啥？"孙明正嘿嘿笑道："为了保持这夫妻关系，我真怕有一天你瞧不上我了。你会吗？"姜国英扔下筷子："那就看你表现如何，进里屋去。"孙明正点点头："错不了……不过，我肾虚这你知道……"姜国英盯着问："说，脸红什么？"孙明正说："防冷涂的蜡。"姜国英摇摇头："连精神焕发都不敢说啦？你实话实说怎么啦？"孙明正说："都是让那些上访的事急的。"

　　半夜孙明正又睡不着了，他爬起来把这次去大杨树沟的情况写了个汇报提纲，第二天一上班他就等在林光年的办公室门外，等到八点也没见到人影，一打听人家眼下在宾馆里办公。孙明正就回信访办，进楼就见有人在自己办公室门前蹲着，看那坨就是王大鞭子，孙明正上前说："你咋又来啦？你手里那文件是假的！"王大鞭子跟进屋，笑道："这回有真的啦。"孙明正问："在哪儿？"王大鞭子摘下帽子，秃脑瓜顶上贴着纱布，他指指说："在这儿，这比文件管用。"他就讲他前天在街上卖煮花生，让工商局市场管理所一个小子用秤砣给砸了，颅骨严重受损，对方必须包赔一万元，要不然马上就去交易会会场门前躺着。他又从腰上拎出一段铁链子，说："我知道一躺警察就抬我，我这回把我锁在铁栏杆上，一时半会儿谁也弄不走。"孙明正心头一惊："你跟谁学的这招儿？"王大鞭子说："那个……绿色和平组织。我这就去啦！"孙明正说："别去别去。你说你脑袋受伤，医院证明呢？"王大鞭子掏出诊断书，上面写着"头顶上方皮下大面积淤血，颅骨受损，建议住院治疗"。日期、公章一点儿都不差。孙明正说："这么重，你咋不住院呢？"王大鞭子说："没人付医疗费，我敢住吗？"孙明正试探着问："你这证明哪儿来的？"王大鞭子说："不信，咱再去医院。就这个诊断，也是工商局人在场照的片子。"孙明正心头一震，连忙让王大鞭子到旁的屋去等着。他抓起电话就给工商局打电话，那边说这王大鞭子昨天把我们局长弄得一天没上好班，高血压都犯了，请你们快解决吧。孙明正说你们来人吧。正说着楼道里嘟嘟响起哨子声，孙明正知道是沙老太又来了，但好半天没推门。孙明正觉得奇怪，沙老太一来准推这门呀。他开门一看愣了，吹哨的不是沙老太，是个老头子，好像是沙老太的老头子。老头子咕咚就跪下来，也不说话。孙明正猛然感到这里有什么意外的事，连忙上前拉他起来，那老头子说："她要死了，要见您一面，您是孙主任吧？"

孙明正心里火烧火燎的，不是他怕死人，一般来讲人死了事还就结了，问题是他觉得这沙老太不能死，她若是这么死了，那真真就是含冤而去死不瞑目呀，信访工作对人民群众负责的宗旨就叫人看低了。 孙明正拉着老头就走。 他从来没有去过沙家，沙也不让他去，有一次孙明正问她住在哪儿，她说狗窝一样不能去。 孙明正还曾想过也许她家不错，她是怕影响她落实政策才不让去呢。 现在他跟着那老头来到旱河沿，旱河沿空气不好，酸臭酸臭的，街上装饰堂皇的饭店有不少把污水泄向这里。 就在与河沿趋平的地方，却有一片屋顶，确切地讲是些石棉瓦之类的遮雨物，与当年防震棚差不多。 谁承想那下边，竟然是数十家住户。 孙明正很惊奇，他没有想到这里会有人住，当然也想不到沙老太就住在这儿。 沙的屋很低很暗，门口堆着破纸箱、易拉罐之类的东西，屋内几乎没有什么转身的地方，沙老太和衣躺在一张破床上，头前小方桌上，有一支香在燃着，墙上是二十多年前常见的伟人像。 几日不见，沙两眼深深陷下，她还认得出孙明正，她要坐起来，孙明正说你躺着吧。 沙神志很清醒地说："我俩都从监狱出来时……我点过一次香。 我们从农村返城时，又点过一次……现在，我要死啦，我再点一炷……把我那事落实了吧，我这辈子……太冤啊……"

孙明正干这工作虽然见得多了，但眼下这情景还是如刀刺痛了他的心。 他知道这是有冤在身的平民临终前的最大愿望，他更明白这个愿望几乎是几十年里每时每刻都在这些人心中翻动的病痛……人的一生，富也好穷也罢，都不为怪，可怕的是让你吃不好睡不好的心病呀……孙明正摸摸兜里硬邦邦的信封，一狠心掏出来点出一千元，说去治病吧，转身就走。 当他走出那片低矮的棚区，看见天空蓝蓝的似一片海洋，而天边一团棉桃般的白云又像掩住了迷人的仙境，他真想用一根巨大的杆子挑开这些棚顶，让美好的光线和清新的空气彻底扫去那阴暗的景象。 孙明正回到机关，见工商局的一个科长来了，那个科长说："我们愿意出钱，一次了结。其实，根本没用秤砣砸。"孙明正说："那咋造成这样？ 机器不会骗人吧？"科长说："是，脑袋也做不了假，是皮下黑乎乎的，片子上也有。"孙明正说："那就了结吧。"科长说："领导说了，五千。"孙明正说："试试吧。"就叫王大鞭子过来，王大鞭子一听就翻了，说少一万不行！ 声如打雷。孙明正说："你这么好的声音，我都怀疑你的伤。"那科长也跟着说。 王大鞭子有点发慌，一下子把纱布拽下来，果然光头皮下紫黑黑的一大块。 孙明正看看那地方真没法做假，确实是皮下面，皮上还发亮光呢，但凭感觉他就觉得这里有鬼，所以不松口，后来王大鞭子认账，要了五千，立了字据走了，工商局的科长谢过孙明正也走了。 孙明正没敢喘息立即给鞋厂那位丁厂长打电话，那丁还是老态度，孙明正接着就给主管局打，打到局长那儿，局长挺开通，说这个人的事由我们局里解决吧。 孙明正说解决可以，但要快，不能人死了以后才解决；还有那个丁厂长得批评教育，没点同情心的人能办好厂子吗！那局长看来是想息事宁人，连连答应，这事算应了下来。

这时候孙明正就很想抽根烟，可又想起自己在家说的话，就忍着。忍着的滋味儿不好受，他想我他妈的别在这儿受累了，提起兜子就去了宾馆。宾馆是交易会的主会场，各种标挂把大楼弄得五颜六色。还真不错，找着林光年，老陆也在这儿。林光年先说："老孙，你回来得正好，你的任务是确保交易会期间上访者不到会上来！"孙明正点点头，心里说我都落实一个王大鞭子了，然后他就说："林书记，大杨树沟的事……"林光年指指四下："现在顾不过来了，会后吧。"孙明正看见套间里桌子上的麻将牌，说："还是抽空研究一下，听听情况。"林光年说："实在是抽不出来呀，另外，书记让我最近一段多抓抓工业。"孙明正眨眨眼："那信访这一块呢？"林光年说："当然我还兼着，不过，未来咋样我也不大清楚。"孙明正还想说啥，老陆给他使个眼色不让他说了。找个没旁人的地方，老陆说："完啦老孙，咱们这事白受累了，梁大鹏给所有的常委都打电话了，说再这么整他他就辞职，结果上面就让缓缓再说。"孙明正这才明白是怎么回事，说："我说呢，咋孙猴脸子变这么快。你等着，我也去找每个常委，还要找书记！"老陆说："你拉倒吧，不是时候。"就扭头走了。孙明正拿不定主意了，回到信访办，跟李玉珍说了，李玉珍说："这好办，回头揣德强来了找领导咱不挡着就行了。"孙明正摇摇头:"那就不合适了,咱们还得对工作负责。"孙明正就安排王静等人去落实沙老太的案子,又打电话给梁大鹏,想告诉他稳住大杨树沟的两拨人。但县委办说梁书记下乡了,大杨树沟又打起架了,书记去解决了。孙明正心里于是很不安。

过了一半天交易会开幕了,盛况空前,一片太平盛世景象,电视、广播、报纸没完没了地介绍巨大的交易成果,市民们都跟着高兴,机关干部更是。可是晚上姜国英回到家却气哼哼的,孙明正问咋啦,姜国英说:"形势大好,咋烧鸡都涨到十块钱一斤啦?像话吗!"孙明正说:"二十块钱一斤,咱不吃不就得啦。"姜国英说:"咱们吃过几回?我是说这个价钱。大米都一块三了,这咱准得吃吧?"孙明正说:"我可劝你,我搞信访的见得多了,祸从口出,别瞎议论,中央会把物价降下来的。"姜国英说:"行,都你这个熊样,国家也就死气沉沉了。"孙明正皱着眉头说:"哎呀,我都担心你将来也去上访。怎么现在这人都跟吃了枪药似的,难道咱们的生活不是有了很大改变吗?"姜国英说:"对不起主任,我不是上访的,您别给我做报告,您留着劲头跟他们说去吧,我不过说说痛快痛快拉倒。"孙明正说:"好家伙,你们都想痛快痛快,我这就得累死。"姜国英立即说:"老孙,我也正想跟你说,你都这岁数了,搞信访不合适了,跟领导说说,换个单位吧。"孙明正想想说:"我要是不干这个,谁干呢?"姜国英说:"没你地球还不转了呢!一个信访，瞎对付的事，谁干不了呀！"孙明正瞪了她一眼："胡说八道，你看我哪个事是给人家瞎对付来着？ 你要这么说，我这辈子就和信访共存亡了。"

两人说得挺不愉快，睡觉的时候背对背。 半夜时老陆来电话说这回热闹啦，有一拨人跑大会上来了，打头的是杨光复，据说揣德强把会计给争取过去了，把杨的经济上的事给捅啦，杨待不下去了。 孙明正心里当然有一种快意，但他马上就问："你是不是让我这就过去？"老陆说："我告诉你的意思就是让你知道一下，别过来，不给他们擦这个屁股！"孙明正说："这怕是不合适。"老陆说："那他们戏弄咱们就合适？"孙明正只好嗯了两声。 接着睡却说啥也睡不着，就问姜国英你说这事我该去不该去，姜国英也不理。 后来电话又响了，姜国英跳下地去接，那边是林书记，说的也是老陆刚才说的事，姜国英说明正已经去单位了。 放下电话姜国英说："去吧，孙主任，党在呼唤你呢。"孙明正乐了："你咋撒谎，我这不还在家里吗？"姜国英说："你心早走啦。"孙明正笑道："还行，了解我。"

果然杨光复让揣德强弄得挺狼狈。 杨光复被请到信访办时背着一个大兜子，大兜子里装的全是各种荣誉证书，全倒在桌子上，他说："孙主任，您看着办吧。"孙明正明知故问："您到底咋啦？"杨说："咋啦？ 都是你们这次去给煽动的，都翻了江了，自己开起村民大会，选村主任，夺权！ 这是搞'文化大革命'呀。"孙明正说："您别着急，我们得向领导汇报一下。"杨光复说："那我可就得在你这个屋里住了，我要见市领导，另外还得告诉梁大鹏，他不能见风使舵甩了我，甩了我我就把啥都说出去。"孙明正心头一惊，李玉珍问："都是啥？ 你说说。"孙明正赶紧说："先把这些证书收起来吧。"把这话给岔过去了。 杨光复说："你们要是不解决，明天我就上北京啦！"孙明正看看这没精打采的小老头，心里有股说不出的滋味儿，劝道："别去北京，我们抓紧就是了。"

　　孙明正就去跟林光年汇报，林光年又让老陆和严部长一块儿先听听杨说些啥。 老陆埋怨孙明正："你这大傻蛋，完啦，这辈子算是教不会你啦。"严部长笑道："人家孙主任对工作极端负责嘛。"孙明正似笑非笑地说："我再负责你们组织部也不提拔我！"说得严脸上怪不好看的，讪讪道："回头我给你反映一下。"孙明正说："回头你别总有事就行了。"几个人就认真地听了小半天，杨光复态度还真不错，还对自己的一些不足之处做了点自我批评，但主要还是说揣德强他们搞无政府主义无组织无纪律，还说梁大鹏关键时刻立场不稳失掉原则。 杨光复不愧当了这么多年干部，话说得就比揣德强他们说得溜乎。 由于对情况了解得比较多，老陆问："你自己干的那些不合适的事，你咋想？"杨光复倒也不隐讳，说："现在都是市场经济了，我当干部也不能白受累，我们乡长就是这么说的。"严部长问："想没想过你是党员？"杨说："咋不想，要是不想我干啥还带全村奔小康！"严部长又问："想你咋只想自己和亲戚？"杨说："不想自己和亲戚，谁想着我？ 我也是人。 就好比你们这儿分房子了您自己就不去问问？"他挺能说，把老严给说住了。 孙明正没帮严部长说啥，他想让杨戗严几句有好处，没搞过信访的一些头头平时靠权威说话，总觉得自己说出去的就是理，自我感觉可好呢，实际上要是人家真跟你较个真儿斗个嘴，你就未见得能占上风。

谈完了话老陆不说啥，严部长很气愤地跟孙明正说："对这种不能保持晚节的干部就要严肃纪律。"孙明正说："那是你们组织部门的事，咱们抓紧给林书记拿个意见吧。"严部长又说："咱们就同意这次调整得啦。"孙明正说："村委会换届有组织法，杨光复的问题归问题，换届还得依法行事。"老陆点点头："对，分清了好。"严不再说啥，于是就把想法简单汇一汇，准备去跟林光年汇报。 正说着梁大鹏来了，想见见杨光复，孙明正把他让到另一间屋，孙明正说："老战友，得经得住改革开放的考验呀。"梁大鹏也不瞒着："老孙，你说咋办，就收过他五千块钱还有一个金镏子。"孙明正说："我就猜你让人家抓住了把柄。 这事可不能弄出去，那就毁了你。"梁大鹏说："我不要，他非给的。"孙明正说："非给的你，也不是借口，赶紧退给人家，再跟组织做个检讨吧。"梁大鹏说："检讨做不得，一做全完啦。 钱退给他，你帮我稳住他，别让他乱咬。"孙明正说："这可难说，支书的位子丢了，他能不乱咬？"梁大鹏说："这就看你啦，你别让他丢位子呀，稳住啦。"孙明正说："你亲自去村里都没稳住，我就能稳住？ 要我看咱还是老老实实做人吧，别耍花活。"梁大鹏沉着脸站起来："行，好样的，我算认识你了。"转身就走了。 孙明正站那儿愣了好半天，然后找杨光复，训道："梁书记为你村做了多少工作，你还反告他，你还有良心吗？"杨光复说："他确实收过东西。"孙明正说："收也是你行贿，行贿也是罪，你懂不？ 别乱说了，那点钱人家早交组织了，回头给你，拉倒吧！"杨光复说："不是行贿，是要的。"孙明正说："是要的谁看见了？"杨光复说："我有录音，我早就提防着这一手。"孙明正张口结舌说不出啥了，出来暗叫道：我的妈呀！ 这小老头大大地厉害呀！ ……

交易会结束了，孙明正松了口气，王静要调到妇联去，这个头一起，又有几个人要求调走。 李玉珍说："谁有能耐找书记去，王静是林书记远房亲戚，你们谁是？"孙明正急了，去找林光年，问："调走王静，还调谁？"林光年笑了："我听说她水平太低，怕误事。 准备给你充实两个男的。"一句话把孙明正给说住了。 孙明正又问："大杨树沟的事咋办？"林光年说："这事得上常委会了，等着吧。"孙明正说："他们再来我可没法儿。"林光年说："有你孙主任在就有法儿。"孙明正说："有啥法儿？ 有法儿我就不跟你汇报了，还是抓紧研究吧。"林光年一口答应。 孙明正不能再说啥，回到信访办，见又有一个人口口声声说让工商所用秤砣砸了脑袋，看看也是皮下紫紫的一片血迹。 孙明正说你坐下我再看看，就摸那人的伤处，又轻轻地按了按，那伤口就冒出小米粒大的一点红来，他用指头一抹，指头上就一道红，仔细辨认，原来是圆珠笔的油。 孙明正全明白了，一拍桌子叫道："王大鞭子咋教你的？ 你们可真行呀！"那人愣了，说："王大鞭子告诉您啦？ 这老家伙，我给他十块钱他才教我这招儿，我找他算账去！"嗖嗖就跑了。 孙明正消了气摸摸自己脑瓜皮，心想这新招真多呀，干信访的看来得开会交流交流经验了。

李玉珍和王静来了，王静说我想在办调动手续之前把沙老太的事办一办，李玉珍说二轻局来电话了，让去人办呢。孙明正看看王静，说："其实信访这工作最锻炼人。"王静说："我也想锻炼，可我天生胆小。"孙明正说："越不练胆越小，你快去二轻局吧，然后把好消息告诉沙老太。"王静点头走了。 李玉珍说："孙主任，这两天外界有议论，说咱信访办独断专行偏听偏信下乡大吃大喝，还有……"孙明正问："还有啥？"李玉珍说："还说您丈母娘死时收了人家的钱。"孙明正笑了："其实我早就知道有这一天。 其实我早就想还给他杨光复，可那一千让我给沙老太了，这一时凑不上了。"李玉珍说："您倒是说呀，我们大家帮您凑。"孙明正说："不用，咱们这儿没有多富裕的，还是我自己出吧。"李玉珍不说啥走了。 孙明正纳闷这事怎么这么快就传开来，这是谁说的呢？ 杨光复在事情没得到最后结论时，一般来讲总抱着希望，不会提前伤人，而别人又怎么会知道这件事呢？……正想着严部长来了，孙明正以为他要问大杨树沟的事，不承想严部长说："老孙，咱们可都是老朋友了，不忍心看你犯错误呀。"说了半截子话就不往下说了，孙明正心里挺酸，后来一咬牙说："多谢啦，要是查清了就处分我。"严说："是怎么回事，你该跟组织说清楚。"孙明正说："极好说清楚，但现在不想说清楚，我想看看谁背后捅我这一刀。"

临下班时，李玉珍把全室同志凑的一千块钱放在孙明正的桌上，孙明正鼻子有点酸不溜的，但为了日后少出麻烦，他还是收下了，将两千块钱放在李玉珍那儿，李玉珍是办公室纪检组长。孙明正回到家埋怨姜国英："都是你，让我背这黑锅，你拿一千块钱出来！"姜国英不同意，说："谁让你瞎激动给人！"孙明正说："我激动要是没钱我能给啥？"说完孙明正又后悔了，沙老太都是快死的人了，没有这钱就是借钱也该给的，看来自己还是很小气呀……他就不再说啥，弄点酒自己喝，喝得迷迷糊糊的，忽然王静来了，脸色不好，说："局里把手续也办了，我找到她家，她也死啦……"孙明正虽然早有预料，但事到临头还是觉得有点突然，就问："她老头子说点什么没有？"王静从兜里掏出一摞钱和一个破哨子，说："说啦，说她为三十块钱受冤一辈子，早下决心不占一分分外的钱，另外，这个哨子给您留个纪念……"

孙明正听罢眼泪就流下来。他叹口气喝了一盅酒，对王静说："帮她老头子料理料理后事，代我个人买个花圈……"

王静答应着走了。 这时老陆来了，老陆说："老孙，这梁大鹏可真不够意思，背后里说你的坏话。"孙明正心里一下子就明白了，但他毫无反应，他拉老陆坐下喝酒，又说沙老太已经没了，说我想了两句词，请帮助推敲一下，老陆说："试试吧。"孙明正用筷子蘸着酒在桌上写："拿三十块，生前遭难常上访；退一千元，地下有灵当安慰。"老陆看看，说："要我看是白上访，难安慰，谁叫活着的时候没办成。"孙明正忙忙看了一阵老陆："你说得实在，在这事上我有些失职呀！"老陆说："你已经尽力了。"俩人就你一盅我一盅喝起来，喝得姜国英直皱眉头，后来说啥也不让他俩喝了。 老陆道行深，喝完摇摇晃晃走了，孙明正往沙发上一躺就睡着了。 第二天早上起来脑袋嗡嗡的。 姜国英拿出一百元，说："那一千块人家也还了，咱也不提了，这一百块给你买花圈的钱。"孙明正说："再给一百。 一对花圈八十，我抽了人家一条红塔山，我得还上。"姜国英二话没说又拿出一百。 孙明正去上班，下了楼就见冯瞎子站在那儿，冯说："孙主任，我回去加入战斗啦。"孙明正问："咋啦？ 战斗啥？"冯说："听说我们村又热闹了，我得回去掺和掺和。"孙明正说："不挣钱啦？"冯说："城里人比我们精，不好挣，还是回去有意思。"孙明正说："回去进养老院？"冯说："胜负未分，他们都顾不上我。 过些日子，再上访时再见啊。"孙明正说："这么打咕，你不烦吗？"冯说："不烦，这多有意思……"

　　到了单位，王静兴奋地过来说自己还帮忙给沙老太穿衣呢。孙明正问："还怕不？"王静说："穿时怕，穿完就不怕啦。"孙明正说："以后有这种事你就去，慢慢胆子就大了。"说罢就把李玉珍等人叫来安排工作，快到中午了，林光年打电话来，问："老孙，怎么回事，你让王静以后专给死人穿衣服，吓得她在我这儿直哭！"孙明正说："听差了，不是那个意思！"林光年说："那你过来给她解释解释，顺便说说大杨树沟的事，书记让抓紧办呢！"孙明正放下电话，跟李玉珍说："现在这学生咋啦？咋理解不了人家的话！快给调妇联去吧，再吓出个好歹我可负不起责任。"李玉珍说："学生是花朵，得慢慢浇灌，你以为都像我们，当啷就是一句。"孙明正说："原先我说话也慢条斯理的，还不是当这个破主任当的，妈的……"这工夫楼道里"当当"地响起锣声，震得孙明正打个激灵。李玉珍说："真没法，新来一个上访的，敲锣。"孙明正说："准有人教给他。没事，爱敲就敲去，反正咱实事求是。"说罢去林光年那儿。到了院里，他一眼就看见王大鞭子躲在花坛后。孙明正喊："王大鞭子，把钱退回来！"王大鞭子扭头就跑。孙明正也不追，嘿嘿一笑转身走了。

　　到了伏天末了，庄稼耪过三遍，垄也起了，肥也描了，往下地里没活儿就等着收了，可小清河村的德山老汉却要起早了。　说来怪好笑，自打土地联产承包以后，德山老汉基本上就没再着过忙起过早。　不起早可不是人变懒了，实在是他觉得没有那个必要，他说地里那点狗屁星活计，俺一只手端着小烟袋，另一只手捎带脚就拾掇个球了，还犯得上起五更干半夜？　这可不是牛皮大话，德山家往上几辈子都是正经好庄稼汉，勤快得很，想当年入社前他家打的粮食全乡第一，没少得售粮模范镜框框。　可如今他却摊鸡蛋摊出了鸡屎——坏了菜，人老了老了睡不成踏实觉。　气得他自言自语直劲磨叨，说再早光听说城里人闹失眠，咋俺一个老农民也失眠，真他娘的怪了，莫不是不起早下地干活的报应？　……

　　德山老汉失眠症状是睡不着醒得早，当中那关节还能将就对付，即不能像先前脑袋一沾枕头就死狗一般睡去，得左右烙饼连着翻番（若是收入翻番多好）好一阵才能睡着；再有就是以前天麻麻亮时他要起来撒泡尿，尿完浑身轻松，然后接茬睡那个贼香的回笼觉。 现在完蛋了，尿撒没了，肚子瘪了，老家什蔫了，回笼觉却也没了，就剩下俩干涩的老眼，早蛤蟆盼雨似的瞅着窗外，一丝丝困意也没有了，俩后脚跟没事只好蹭炕席解痒。 这么一闹腾老伴也睡不着了，弄得老伴贼烦贼烦的。

"俺说……"德山从来就这样叫老伴。

"说啥呀说，这老早……"老伴翻一边说。

"俺是说，俺咋睡不着呢？"德山坐起来。

"撑的！"老伴急了。

"知道不，后院孙寡妇回来了……"德山顺嘴溜达出来。

话刚出口他也就后悔了，这不是找骂嘛。 孙寡妇如今四十大几奔五十，是个不省油的灯。 早先她男人还活着时，她在村里名声就不咋着，跟光棍子大黄瓜黄三相好是公开的。 她男人揍她骂你个骚货黄三哪儿好呀，她就喊俺就是喜欢黄三，他的家什好。 但那时黄三是穷汉，日子长了孙寡妇也有够。 后来孙就进了城，有的说她开饭馆，有的说她倒鱼虾，还有的糟践她说她"卖大肉"。 她男人去找也找不回来，结果翻车还把她男人砸死了，孙也就捎了口信，说这辈子不回来了。 大黄瓜呢，前些年去后山小铁矿给老板拎电棍当保安，矿石卖不出价钱，老板赔个惨，趁黑夜窜杆子了。 再往下谁也不愿收拾烂摊子，乡里就交给大黄瓜管，大黄瓜能耍赖装死闹活不还账，一来二去也不知咋鼓捣的他成了矿主，但也没挣到钱。 可谁料到今春上时来运转钢铁短缺，最终导致矿石和铁精粉价钱大涨特涨，就把个蔫黄瓜一下涨成了大金疙瘩。 在这情景下，孙寡妇突然归来，其中必然大有文章……

别等挨骂，德山老汉紧溜下地到当院转了几遭，脑袋还是嗡嗡的，眼神也不大好使，看啥都是双影。 他想这会子俺到地里干啥活呢？ 找鬼去呀！ 他忽然想起捡粪，对喽，老爹的宝贝粪筐、粪叉子还在。 老爹临咽气时费大劲伸出三个指头，说要想过好日子，就得眼勤脚勤手勤，眼勤勤在常看道上有没有车马过，脚勤勤在立刻去寻，手勤勤在趁着粪冒热气时就捡。 老爹一辈子起大早捡粪，也没把日子捡宽绰，却把这话留给自己。 德山老汉明知不是那么回事，可那毕竟是老爹的遗言呀，因此那粪筐、粪叉子就没扔留下了。 他还想有一天再传给儿子，但如今俩儿子都进城做工并在那儿安了家，人家用不着。 自己倒是种地，可这些年大田都用化肥，偶尔使点家肥，也是描在自家吃的菜地，还有自己抽的大叶子烟上。 用化肥描出的烟辣嗓子，家肥描出的烟叶好抽，到嘴里回口有点甜。 德山想来年的烟叶兴许要多种点，俩小子都抽烟，抽旱烟还是省钱。 冲这俺还是瞅瞅哪儿有粪吧，没有就只当转悠转悠。

"您老起得早呀，可真是勤快，比城里人强太多了。"突然间就有女人说话，正是后院的孙寡妇。 她绕到前街来了，隔着齐腰高的墙头说话。 墙头上插着紫秆大葛针，尖利无比，鸡猪都不敢上前，透亮，能看到孙寡妇大白脸肉厚，小眼珠贼亮，穿件浅绿色薄衫，胸脯鼓鼓的像揣俩活兔子。　德山老汉觉出自己的眼珠这会儿好使了，但他忙低下头不再瞅。

"老队长，老嫂子在家睡着吧？"孙寡妇大声说。

"睡着呢……噢，不，早醒了，在炕上眯着呢。"德山的汗要冒出来。　这娘儿们干啥用老队长那个称呼，那是驴年马月的事哟……德山老汉在大集体最后的几年里当过生产队长，那会儿孙寡妇的男人得了大骨节病，看病吃药把家折腾得底掉，孙寡妇为了把日子将就过下去，没少给当队长的德山打溜须。　有一阵子，德山面对她的小脸心里也怪痒的，秋天在棒子地里抓她时，她裤腰粗如水缸，德山问那是啥，孙寡妇轻轻一拽，棒子把裤子秃噜一下坠到脚面，内里光溜溜啥都没穿，吓得德山转身就跑，往下无论是派活还是分点啥，德山或多或少地就得偏向着她。　德山曾想过俺这是何苦呢，也没碰着她一个手指头……

"老队长。"孙寡妇仍大声说。

"小点声，你吃炮药了？　哪个还是队长？"德山忙摆手。

"那就叫德山老哥。"孙寡妇改了个称呼。

"拉倒吧，啥哥呀姐呀，麻絷（难受）。"德山意志坚强地说。

"跟你商量个事呀。"孙寡妇跷着脚说。

"有屁快放。"德山瞅瞅身后屋门不客气地说。

"帮俺整狗日的黄三。"孙寡妇狠狠地说。

"你五迷啦？ 一宿没睡？"德山问。

"一宿没睡。"孙寡妇点头。

"你也失眠？"德山要笑。

"失得厉害，一宿眼都没合，但人不五迷。"孙寡妇说得很认真。

"不五迷你咋反他？ 你俩可好过。"德山不信。

"那是过去。 现在呢，你瞅不见听不着咋着……"孙寡妇指身后。

一阵震天动地的爆炸声从后山一直响到前山（开铁矿开疯了），房子都颤。 拉铁矿石和铁精粉的大车一辆接一辆开过来，黄土卷起，一瞬间，孙寡妇不见了。 德山老汉被呛得倒退进屋。 老伴问你跟谁说话呢，德山老汉说呛死人啦，这大黄瓜可把小清河给毁了。

从黄土中钻出来，孙寡妇用上嘴唇蹭蹭牙，就像铲子铲墙皮，满嘴都是土末子。 再摸摸脸，厚厚的一层，眼皮上下一动，就掉土渣儿。 孙寡妇就骂这个挨千刀的大黄瓜，你发财了顿顿吃馆子，却让俺们吃黄土。 她接着还想跟德山说话，德山却不见了踪影。 她一来气，就敲门，门插得严，她蹬块石头抬腿就从墙头葛针上迈，不料被葛针哗地挂住了裤裆，顿时就过不去还下不来。 她害怕了，她想起自己当姑娘时跨猪栏子的教训。 猪栏子就是自留地菜园子的门，用齐大腿根儿那么高的高粱秆扎绑成小墙，有巴掌厚吧，再大的猪都拱不倒也蹿不过去。 但人要进，还要挑水桶呢。 人聪明就显在这里，即一边放一块半大石头再迈，如同上台阶。 而猪是想不到利用这台阶的。 那是刚上秋的天，穿单衣，自己长得好，穿精薄精薄的水绿的确良裤，脚下是塑料底襻带鞋，在大队演完节目，又渴又饿，就奔园子要摘根水灵灵的黄瓜。 不料前脚迈过，后脚却在石头上踩滑，结果骑马般吭一下子就坐在猪栏子上（后果严重）……

"来人呀，快救俺一下呀！"孙寡妇不由得惊叫，她不喊不成，要是扎一裤裆葛针，疼不说，那些刺儿咋往外挑？

"你这是干啥哟！"德山老汉出来一瞅，火燎腚似的急得直蹦高。 左右邻居都跑出来，却没人上前，大眼小眼瞅着这院，不少人嘴角还撇着，分明是在冷笑，意思太清楚了：瞧呀，孙寡妇跟德山好上了。"你快把俺整下来呀！"孙寡妇要站不住了。"你蹿那上干啥！"德山两只手发烫，不知如何是好。"快来接着俺！"孙寡妇喊。"快去，接准了。"村民中有人发坏起哄。"俺不接……"德山咬定牙关不出去。

当街停下辆乌黑瓦亮的轿车，大黄瓜黄三和一个贼俊的黄毛小女子从车里钻出来。 黄三腆着肚子伸出两个短粗的胳膊，嘿嘿大笑道我接我接，我替德山接这堆肉。 孙寡妇喊俺老孙不用你。 黄三抱起肩膀说你这倔娘儿们，别不识好歹，那你可就满裆是刺啦。 黄毛小女子皱着眉头说快走吧，人家愿意往那地方扎。 孙寡妇骂放你娘个臭屁！ 你才爱往那地方扎！ 小女子喊有能耐你翻下来！ 孙寡妇说俺翻下来砸死你个小骚货。 说着她身子打晃了。 小女子怕她真砸下来，拉黄三上了车，黄顺手扔出几张大票子。

"拿走你的臭钱，老娘不稀罕！"孙寡妇仰身就要往下摔。

"等等！"德山老汉心说没想到这娘儿们还有点骨气，脚下一给劲几步就蹿到墙根，伸出两只长满厚茧的大手，左一把，右一把，生是把孙寡妇裤下的葛针拽出点空儿来。 孙寡妇身子向前一扑，正正砸在德山老汉的怀里，俩人咕咚栽进豆角架。

墙外打成一个蛋，几张大票被抢得粉身碎骨。

活了大半辈子的德山老汉非常奢侈地得到了一次接触：与孙寡妇隔着两层布（一人一层，都没穿背心子），俩形状不同的胸脯子实实在在地贴（砸）到了一起。 但是代价极惨重——老伴隔着窗户只看见了后半段，也就是他俩滚倒在豆角架里那段儿。 老伴是好面儿的人，受不了刺激，下地抱起卤水罐仰脖就灌，幸好被邻居抢走。 随后又找菜刀抹脖子，也被人阻止。 没有办法，只好打电话给城里的儿子，儿子立刻骑摩托回来将老娘接走。 临走时德山说你过去消消气，过些日子俺也去找你。 老伴说你别去你跟孙寡妇过吧。 德山指天发誓说俺跟她啥事也没有，俺是睡不着觉才惹出这事。儿子坐在摩托上发动着说你干啥睡不着呢。 德山看看儿子瘦黑的小样儿，忽然就想清楚了说："还不是看黄三发大财，俺心里急……"

"人家发财，你急个啥？"

"那财发得太暴呀。"

"那你也发呀，你发了也贴补贴补我们。"

"是呢，俺发，俺发……"

一阵嘟嘟响，摩托冒烟蹿远了，破轮子还甩起不少泥巴，有一块正甩到德山的嘴上，他想说俺发昏吧，嘴唇黏糊糊粘住了。他抹了抹往家走，就见孙寡妇一扭一扭地从后街过来。他心里这叫上火，心说都是你这败兴娘儿们，毁了俺挺好的日子……

"老哥，送老嫂子进城呀。"孙寡妇也不管街上有没有人，细声浪气地嚷嚷着，"进城好呀，开开眼，你咋不跟着去，在家吃这黄土。"

"去，去你娘个球！"

"俺娘比俺还早两年守寡，没摸过几宿那球……"

"你要脸不？"

"你要不？"

"俺咋不要？"

"你要不了。你瞅你一脸一嘴泥，活是猪拱食。"

"妈的，你是找扇呀！"

"俺就是找扇，你敢动俺一个指头，俺把你的俩球捏瘪一对！"

"反了你啦！"

德山老汉气得实在受不了，他觉出这娘儿们没安好心，是存心来找碴儿干架。 不过，此时若是和她干起来，却也是一件好事，好就好在可以证明自己与她没有狗扯连环，从而也就平息了村民的议论。 想到这儿德山撸胳膊挽袖子就要动手，但一见孙寡妇那浑圆的手腕，那突突乱颤的胸脯子，他不由得又有些惧怕了。 这孙寡妇一身肉膘满肚子火气，据说当年大黄瓜都不是她的对手，几个回合下来就告饶。 这两年兴许又是她一个人干靠（硬熬），就靠得浑身有劲没处使，看见老爷儿们就着急。 这要是让她拿自己当靶子练，那可就揍（坏）了，伤着了家里也没人伺候是小事，若是上医院，药费多贵呀。 想到这儿德山就软了筋骨，脚板子往后滑，嘴里自言自语道，跟你个娘儿们干架没劲。 孙寡妇喊你有能耐站住，是不是你个老头子没劲不行了，俺还有劲呢，你给俺上来。 德山吓得头发根子发直，说俺不上就不上。 孙寡妇说你今天还非上不可。 一旁看热闹的人便起哄，喊那是好事呀，让你上你就上呗，别人想上还上不去呢。 德山骂道去你娘的谁愿上谁上，老子就是不上，看能把俺咋的。 还好，孙寡妇没往前来，德山脚下也就站稳了，俩人叉着腰瞪着眼，就在大街上对阵叫号。

打雷般的一阵喇叭声，紧接一阵叫人心颤的震动，黄三拉矿石的车队坦克般地压过来。 人们纷纷躲避，德山心里说这回保准把这娘儿们吓走了。 不料那孙寡妇突然间就来了邪劲，她先是妖妖地一笑，麻痹了德山，就在德山没明白她咋笑了呢时，孙寡妇母狼般地扑过来，一把就将德山拦腰抱住，然后俩人就滚倒在街上的黄土里。德山顿时就蒙了，黄尘封眼，他看不清哪儿是哪儿，抓一把，肉颤颤，砸一拳，颤颤肉，拱一下，还是肉颤颤，啃一口，仍是颤颤肉。他只觉得自己像是摔到肥猪圈里了，不知被多少肥猪包围了。可是，太奇怪了，好一阵了，自己这儿也不疼那儿也不痒，既没让猪啃了也没让猪踢了，他想爬起来，耳边却分明听见孙寡妇在说："老哥别动，千万别动！"

"啥？"

"闭嘴。"

一块土坷垃塞住了嘴。

长长的车队停了，被堵了，整个小清河村都惊动了。简直是太岁头上动土。黄三和乡长李小柱立马就赶到了。黄三这两年不光有钱还有势力，主要是把李小柱给侍候好了。李小柱是县里派来的，才三十出头。他倒不是那种光吃喝不干事的干部，好点色也不厉害，可李小柱是个官迷，一心巴火地想快点鲤鱼跳龙门、产房传喜讯——生（升）。这么一来就有两件事必须做好：一是得快出大政绩，乡里的人均收入一下翻八番才好；二是关键时刻还得给主要领导进点贡。这两点都让黄三给办妥了。把黄三还有几个矿的收入往老百姓的收入里一摊，一下平均数就高不少（村民实际多少另说）。给领导进贡呢，不用李小柱出面，领导家无论是大人过生日还是孩子过满月，无论是娶媳妇还是发送老人，无论是住院还是头疼脑热，他名下的礼一准有人送到。结果最近李小柱在上边就挺得烟儿抽，没少受表扬，看来提升指日可待。李小柱这阵子索性到黄三矿上来坐镇，下了决心一定要用这黑乎乎的铁精粉给自己换来个光亮亮的前程。

村街上，黄三背手腆肚没上前，倒是李小柱沉着脸分开众人厉声厉气地训斥问："这是怎么回事呀？谁这么大胆在这儿挡道！"

"俺们可没挡道，俺俩干架呢！"孙寡妇抹抹脸上的黄土说，"这老头子跟俺耍横，俺教训教训他。"

"要教训回家教训去，怎么滚到大街上了！太不像话。"李小柱说。

"在家里教训不了，就得在这大街上，大街上安全。"孙寡妇悄悄捏了德山老汉一把说，"你说是不是呀？"

"是，是……"德山老汉说。

李小柱挠挠后脖梗，抬头看看两边的房子，又看看脚下坑洼不平的路，皱着眉头问："你说啥？家里不安全？"

"是呢，房子要让这些个车震倒了。"

没等李小柱问，村民们轰地一下就围上来，七嘴八舌地说这道本来也不是走大车的，你们走大车也中，但得把路修好，这会儿有好几家房子都颤巍巍了，村民代表会提多少回，但就是没人管。德山老汉费挺大的劲才站起来，他刚想说啥，就听脚下孙寡妇说你倒是拽俺一把呀。李小柱向后退了一步，说你把你老婆拽起来吧。 德山脸上顿时火烧火燎，一拍屁股老牛似的闯开人群回家去了。

街上热闹成一个蛋，堵得更厉害了。

三伏末了，晒死家雀。 晌午日头白亮亮要把石头烤出油。 这会儿人们都在家吃饭，估计开车的也吃饭，耳根子顿时就少有的静。 孙寡妇从后院一扭一扭出来，手里挎个小筐儿，筐儿里是一大瓷缸子绿豆粥，两张油饼，一碗葱花炒鸡蛋，还有一小绿扁瓶二锅头，又称扁二，是她在车站买的，买了好几瓶。 当时她想回去串门送人，要是不送呢，就自己留着喝。 到城里混了这些年，累没少受，钱没挣着，倒学会了喝酒，喝了酒就把心里的烦事忘了，挺舒服。

推开德山老汉家的大门，孙寡妇心里不由得咯噔咯噔使劲跳了两下。 说来不是怕啥，打光棍一晃也十多年了，在城里谋生活时也没少和男人打交道，有嬉皮笑脸的，有满嘴胡吣的，甚至有动手动脚的，但都没把自己咋着了。 眼前一个干巴老头，要钱没钱要相没相，要文雅没文雅，要火气没火气，把底翻八个个儿也没必要紧张，可为啥心里还大跳几下呢？ 孙寡妇也不明白。 她瞅瞅院里没狗也没人，可一阵风吹过来，她觉出肚皮发凉，低头一瞅，便瞅出有点不合适了：自己就穿个小褂，里面光溜溜啥也没衬。 这不是有意，实在是天太热，晚上一个人在大炕上脱得大白鹅似的，白天身上遮点布都觉得厚，她尤其受不了乳罩、背心啥的。 噢，或许这么一来像是要勾引人家德山。 孙寡妇赶紧把小褂的扣儿都系上，但那两坨子肉愈发显得鼓且嘟嘟乱颤了……

"哪个呀？"屋里往外冒烟，德山老汉沙哑着嗓子问。

"是俺呀。 大哥，你还没吃吧？"孙寡妇尽量让自己的语气平和一些。

"你来干个球！ 还嫌害得俺不够厉害咋着。"从烟里钻出了德山老汉，鼻涕眼泪的，手扶门框喊，"俺这儿你可别来，俺求你啦。"

"你以为俺稀罕来你这儿？ 你个不识好歹的老家伙。"

德山老汉对孙寡妇有点怵头了。 那会儿在街上泥里土里一顿死命撕巴，搞得他好累好累，回来撒泡尿，肚子空得像光膛水瓢，任啥物件都没有了。 他想起有盒点心在柜里，可一摸板柜上着锁，钥匙却找不着，气得他抓起斧子差点劈下去。 后来他就劝自己气大不养家呀，别来鲁的，还是烧火做饭喂脑袋吧。 他想着要使劲炒一大盘子鸡蛋，多搁油，再喝半斤烧酒。 他还想要狠狠磨叨俩人，一个是老伴，一个是孙寡妇。 老伴在家时不让喝酒，这回你走了，俺可劲喝。 孙寡妇呢，你以为俺打了败仗，俺在家喝酒过酒瘾呢。 可惜，破灶火倒烟，呛得他跟老鼠钻进烟道似的，鼓捣半天啥都没吃成。 德山还是有心计的，知道此时此刻自己绝不是孙寡妇的对手，因此只能来一把软的。

"闹了半天是没吃饭呀，这好办，这好办。 你过来吧。"孙寡妇指指院当心老槐树下的阴凉地儿说，"就在这儿吧，在这儿吃。"

"吃啥？ 啃地？"德山老汉倔倔地说。

"哪能呢，李乡长都把俺当成你老婆了，还能让你饿着？"孙寡妇把小筐里的吃食一一摆出。

"下药了吧？"

"想下来着。 咋着，不敢吃？"

"不敢？ 球才不敢！"

德山老汉过来伸手就要抓，孙寡妇一把挡住，说快去洗手洗脸，灶王爷似的，白搭了俺的好嚼裹。 德山愣了一下，就到洋井去压水，可一个人压没法洗。 孙寡妇就过来说俺压你洗。 她猫腰用力一压，小褂上面的扣子突地绷掉俩，一巴掌宽的白肉明晃晃地就刺了德山老汉的眼。 孙寡妇一只手掩着说："瞅啥呀瞅，没吃过猪肉还没见过猪跑！ 馋喱（奶子）吃了咋着！"

德山老汉一下子老实了，孙寡妇说得出来干得出来。

往下来吃的东西是啥味，他都没怎么品出来。 等到孙寡妇掏出几张红花花的大票子放在他面前，说这是你跟俺干架挣的，德山简直傻了。 好一阵，他才有点明白这里面有弯弯绕，可这到底是咋绕的，他闹不大清。 后来街上有车声了，但跟拉矿石的不一样，而且也没卷起黄土，还有小孩子的笑声喊声。 德山老汉狐疑地朝外望，他心里揪成一个蛋，害怕李小柱乡长派警车来抓自己，这一辈子，别管吃多少亏受多少气，从来就没跟当官的干过架，甭说乡长，连村主任老赵自己都没敢正眼看几回，这次把乡长惹生气了，是不是有点活腻歪啦……

好怪好怪，门外不是派出所的破吉普，而是大拖拉机拉着水罐，水罐两边是带孔的水管，有点像城里的洒水车，一边走一边往道上洒水。 德山说，这是咋回事？ 孙寡妇说你好生想呀。 德山说好生想也想不出来。

"你睡不着你想啥来着？"孙寡妇问。

"你睡不着你想啥来着？"德山反问。

"想得可多呢……"孙寡妇说。

"就说眼巴前的吧。"德山老汉说。

"眼巴前的呢，就是，俺相中你啦……"孙寡妇大喘气，"咱合起来跟大黄瓜算账。"

德山哗哗冒汗，心里说你这娘儿们要活活吓死俺呀。

孙寡妇定要把德山拉到自己的计划中，是一宿没合眼一点点掂算出来的。 原因一是德山这个人虽然老了点，但在村民中还是有威信的，德山原先当过些年生产队长，为人不错，如今俩儿子都在城里，虽说顶多是打工的，但毕竟也混成了城里人，村民由此也高看他一眼；原因二呢，自己尽管能抓着大黄瓜的把柄，但毕竟村里都知道当初自己与大黄瓜有一腿，这会儿跟他闹翻了，就是再有理，旁人也会议论你是要敲竹杠，有德山掺和着，就能把先前的事遮了许多。 另外还有一点很重要，那就是德山比自己大了许多，德山又不好色，有他搭伴，不会引起那些乱七八糟的非议。因此，思来想去，她必须千方百计把德山拽过来。如今，她忒高兴，德山老汉已经上套儿了。

　　既得了挡道费，又有了洒水车，初战不仅是告捷，简直是辉煌。小清河村有点像秫米粥烧开锅了。德山家一时成了村民议事的中心，来一屋子人，抽烟抽得似把炕席点着了一般。村民崔大头身高少一半全是头，他晃晃大头，说安静安静啦，上世纪呢，德山你领着社员种过地，如今是新世纪，你领着俺们维护村民的生存权利。德山就笑了，说还挺他娘合辙押韵，还是当年学小靳庄的老底吧？崔大头原在小学校代课，前阵子整顿给裁下来，气尚未消，他说别忘了俺当过教师。孙寡妇忙问，咋不让你教了呢？她把"呢"字说得贼重，明摆着是挑崔大头的火。崔大头顿时还就火烧大头，喊还不是没给领导送礼。德山说还是你水平洼。崔大头说你更洼，洼到家。孙寡妇说咱自己人别打咕，崔大头你有文化，就当大伙的军师吧。

　　"开工钱吗？"崔大头问。

　　"赢了就开。"孙寡妇说得很肯定。

　　往下孙寡妇就让德山说，其实主意都是孙寡妇的。德山干咳两声揉揉嘴又蹬蹬腿。孙寡妇说你干啥呀这些零碎。德山说事关重大俺得寻思妥了再说。崔大头说再寻思俺可要回家了。德山一拍炕沿说那个啥好汉子有招儿，好寡妇得禁熬。孙寡妇白了一眼说还是零碎，说真格的吧。德山说咱可不是胡闹咱是为环跑。 崔大头说不是环跑是环保。 德山说中中反正咱往下就找黄三要占道费和污染费。 占道费咱先要从矿上到地里的，那早先只有一辆车宽的道儿，这会儿车多了车大了，轧出早先的三倍宽，被毁的可都是咱们的承包地，黄三原先说加倍赔，可他至今连个毛刺也没赔。 还有污染费呢，更得要了，他黄三的铁精粉厂直接把尾矿（废渣）排到河里，把个小清河给弄得坏坏了，咱村地势低，如今井水发黑发苦，不少人喝了肚子疼……

德山跟当年派社员下地干活一样，不仅没紧张，而且说得挺顺溜。 村民都点头，说对对是这回事，不过咱或多或少也反映过，可李小柱说眼下出矿石是硬道理，结果咱们的道理就软了，这回要搞就搞坚决彻底了。 孙寡妇说那没问题这回得彻底，崔大头说得彻底加彻底。 德山搓搓手心说正好地里没活，咱闲着也是闲着，干半截子不是好手艺，要干就一竿子插到底。 他还问孙寡妇，你说是不？ 孙寡妇脸一红说那就插到底呗，反正俺也难做好人。 德山纳过闷儿，抽了自己一嘴巴，说往下再说蹭锅边子话不是人。 于是就没有哪个村民起哄闹骚，一伙子挺像谋划正经事的了。

村委会主任老赵怕把事闹大了，后黑天就悄悄找德山，说老哥你可是一辈子清清白白的人，咋老了老了跟那骚娘儿们搅和到一起去了，老嫂子已经气跑了，还想把她气死呀？ 德山脸上有点发烧，说没法子已经搅进去了，可人家说的也挺有道理，村民也有这个要求。 老赵说有要求也不是一天半天了，俺也给李乡长反映了，他也没说不解决。 德山问，那啥时能解决呀？ 老赵说总得容人家个空儿吧。 德山还没从胜利的喜悦中走出来，得意地说从洒水车的经验来看，这空儿容不得，容了他们就不当回事了。 说着说着德山脸还就凉下来沉下来，说咱对事不对人，俺跟孙寡妇在一块儿也不是搞破鞋，让俺搞也没那能耐，等把这事办完了，俺跟她就大道通天各走一边。 老赵摇摇头又去找崔大头，说你也是咱村的文化人，咋跟着他们胡来？ 崔大头说主任你张开嘴俺也张开嘴，咱找人瞅瞅是一个色吗？ 你喝大黄瓜给拉来的白净水，还好意思数叨俺。 老赵往下一句话也说不出来，火冒三丈地去找孙寡妇。 孙寡妇正在家穿个小背心凉快，猛地一回头看见了，却也没抓褂子，而是发坏地一笑，说这天贼热贼热呀。 老赵抽着烟盯着锅台，说你在城里挺好的回来干啥？孙寡妇说老啦老啦得叶落归根啦。 老赵说归也中，可你和黄三是老相好，何苦闹翻脸。 孙寡妇说就因为是老相好，他才不该喜新厌旧忘恩负义，把俺当烂白菜。 老赵说看在俺的面上别闹了，闹大了谁也得不了好。 孙寡妇说本来俺也没咋好了，俺怕个蛋。 老赵说你不怕俺怕。 孙寡妇说你怕大黄瓜和李小柱吧，你就不怕俺？ 老赵把烟一扔，说俺怕你个球，小心日后俺收拾你。 孙寡妇说别等日后，现在就收拾吧，你瞅瞅这是啥。 老赵抬头一瞅，灯光下就见两个白白大咂儿在乱颤。 老赵说你别勾引俺，俺家里有，虽然没你这俩好，可也是一样的东西。 孙寡妇说俺才不勾引你，俺嗷一嗓子，你就满身是嘴也说不清楚你信不？ 老赵忙说俺信俺太信了，说罢黄鼠狼般窜出门没影了。

转天李小柱接了老赵的告急电话就赶到村委会，叭叭开扩音器吹麦克风再喊喂喂喂，说有重要通知重要通知，我是乡长我姓李，请下列村民到村委会开重要会议，然后就点德山、孙寡妇和崔大头的大名。

这声音真亮亮在德山屋里屋外响着。 大杨树上的喇叭正对他家（原先斜对，让德山正过来了）。 崔大头说去还是不去，乡长都说三遍了。 德山蹲在地上抽烟，死活不抬头，嘴里嘟囔说这可咋好，乡长这是要收拾咱啦。 孙寡妇说到了关键时刻了，你俩不能打秃噜吧？

"要不这么着，你俩先去，俺过一会儿去，俺得拉一泡。"德山说。

"俺肚子也不好受。"崔大头说。

"也好，那俺一个人去，去了俺就说和乡里和黄三闹别扭都是你俩挑动的，你俩还准备闹到县里市里省里。"孙寡妇说，"俺这么说中不？"

"中个蛋！ 那非把俺俩关局子里去不可。"崔大头说。

"孙寡妇，你这娘儿们心咋这么狠。"德山说。

"俺狠还是你狠？ 你钱也收了，酒也喝了，到这会儿就想把俺卖了，到底是谁狠！"孙寡妇说，"反正咱是一根线上的蚂蚱，谁也别想自己跑了。"

"那等俺喝口酒。"德山说，"戏里咋说，对，酒壮英雄胆。"

"壮熊人胆。"崔大头说，"酒在哪儿？ 俺也造一口。"

"都没啥胆。"孙寡妇说，"让俺先喝口。"

活到这个岁数，德山老汉还是头一次和乡长面对面地说话，一时间就没了真神。 他先是蹲在村部的旮旯不抬头，孙寡妇趁别人不注意噔噔踹他腚两脚，他愣没挪地方。 后来还是乡长李小柱说都坐都坐吧，挺和气的，他才坐在长条凳的一头，另一头坐了孙寡妇，当中空着。 李小柱跟那天大不一样，脸色好多了，跟刚才在喇叭里喊话也差着劲，说着话就掏烟，是高级烟，烟盒通红通红，还问，抽烟不？ 德山一看那烟盒上有城楼子，像天安门，他真想抽一根，但嘴里却说俺们抽旱烟，结果李小柱就自己抽着。 崔大头特不乐意白了德山一眼，意思是你这一说俺也抽不上了。 但孙寡妇冲，她说李乡长俺想抽一根，说着就伸手要，还就抽着了，然后她就说乡长你唤俺们，俺们在广播里听得怪真亮的。 李小柱说是呢是呢，听说你们是代表，想听听你们的意见，其实乡里也知道你们想说啥。 崔大头伸手刚想要烟，德山小声说别没出息，崔大头只好挠挠大头，说俺们还没说呢，乡长你就都知道了，你真神啦。 李小柱说保护环境，也是乡政府当前最主要的任务。 我们绝不能为了一时的利益，而牺牲群众的长远利益。 然而，我们又不能守着金碗讨饭吃。 我们得加快前进步伐，让青山为我们服务。 为此就会有损失，然而……

他拉开架势要讲起来，他特能讲，一准能讲到天黑。

"又然而啦。"孙寡妇一着急烟头掉脚面上，烫得她猛地蹿起来，凳子那头德山咕咚一下就坐翻了，后脑勺砰地就碰在墙上。

"你干鸡巴啥，起来也不打个招呼，要摔死俺啦！"德山捂着后脑勺说，"乡长呀，那个损失太大了，你再然而也不中呀。"

"咋不中？"李小柱问。

"就说喝黑水，把人都喝坏了。"德山说。

"谁喝坏了？ 我找人化验过。"李小柱不信，顺手把烟揣口袋里。

"他，就是他。"崔大头一看抽不上乡长的好烟了，便指着德山狠狠地说，"他得了癌了，没几天活头了……"

"俺咋不知道？"老赵说。

"你知道也没用呀。"孙寡妇说，"你瞅他瘦得，干巴鸡子似的，见天夜里睡不着觉呀！ 浑身骨头节疼呀！ 你说是不？ 快跟乡长说。"

"是，是啊，俺睡不着，俺，俺浑身疼，俺不想活啦。"德山只能顺着说，"乡长啊，不是俺吓唬你，总喝这黑水，没个不得病的。"

"那是，那是。"李小柱有点慌，问，"你是啥癌？ 大夫咋说的？"

"啥癌都有呀……"崔大头说，"俺领他瞧的病，大夫不让我告诉他，连药都没开，就让回家准备后事。"

"这是真的？ 假的我可饶不了你们。"李小柱变得紧张了。

"真，真的呗。 这还能有假。"德山不敢说假的了。

…………

弄假成真了。

连夜把棺材从柴棚里搬弄出来，气得德山老汉可院走溜儿，满嘴骂娘。 他骂孙寡妇你纯粹就是个丧门星呀，从娘肚子里出来就是害人的，俺倒了八辈子霉了遇上你。 他又骂崔大头你那个大脑袋里装的不是脑浆是屎汤子，你还说俺啥癌都有，你是存心咒俺死呀……

骂了个溜够，孙寡妇和崔大头也不恼。 崔大头抹抹脸上的汗，嬉皮笑脸说这也是没有办法的办法，谁让你断俺的烟道儿，俺一着急就说沟里去回不来了。 孙寡妇说人家嘴大咱嘴小，人家腰粗咱腰瘪，不这么吓唬一下，他们根本也不往心里去。 崔大头又上烟又点火，说反正就装一会儿的事，乡长不能总来，这棺材也该出来透透风省得长虫。 孙寡妇说这么着还有个好处，他们不敢收拾你，不然说抓你就抓你。 德山寻思一阵说要抓也抓咱仨，咋就抓俺一个呢？ 孙寡妇说你是总头，当然得抓你。 德山说俺是被你拉下水的，俺啥时变成总头了？ 崔大头指着院里帮着抬棺木的人问他是不是总头，回答那叫一个齐刷："没错，是总头！"

孙寡妇说，听见了吗？ 往下你就得带着大伙干了。 崔大头说俺们听你的。 村民们七嘴八舌说当年你背《为人民服务》溜溜的，全公社顶数你棒，事到如今你可不能耍熊。 德山好面儿，这些年没人捧了，冷不丁被人一捧，就有点发飘，他狠狠心说看来舍不得孩子套不住狼，舍不得俺就换不来水清亮呀。 众人鼓掌叫好。 德山望望头上瓦蓝瓦蓝的天，忽然问谁家有报纸，咱得学习学习，不然往下说啥？ 崔大头说甭学只要要来钱就中。 孙寡妇说往他们难受的地方说就行。 德山摇摇头说咱可不能光为了钱，咱得讲理呀，眼下的日子要说就不赖啦，咱可不干无理取闹的勾当，你们等等俺到小学校找报纸去。

德山就往大门走，才出去立刻被几个人堵了回来，来的是李小柱、老赵还有黄三及他的手下。 李小柱看一眼德山，皱起眉头忙问："你不是有病吗？ 你去哪儿？"

"俺、俺找报、报、报……"

"找报社？"

"有话好说，可别找记者。"

李小柱看见棺材，脸色就变了，忙掏出红皮烟，德山这回一把抓过来点着就蹲下猛嘬。 老赵说你这是干啥，抽一根就中啦。 李小柱摆摆手，到院里敲敲棺材，当当铁音儿，苦笑道还是柏木的真少见了。 德山跳起来，得意地说敢情呢存了有年头了，不是因为这糟心事，俺都舍不得让它出来晒日头。 黄三贼精，嘿嘿一笑上前说这材是好东西呀，可惜还缺几道大漆，这天头正好，回头我请人来刷，保你下葬前就干得梆梆了。 这话就说得有点缺德了，分明是催人家快死。 孙寡妇怕说露了馅，忙说大黄瓜你以为人家那么快就死了，这事没完不能死，死之前一定得跟你较个真章。 黄三脖子一梗，肚子一腆，说我才不怕较真章，有能耐这会儿就较，过了这会儿老子还不陪着了。 李小柱朝他一摆手，说别较劲别较劲，那么就激化了矛盾。 黄三说，这不是明摆着敲竹杠吗？ 你瞅他这样是要死的人吗？ 这么一会儿都嗑了三根了，你知道那烟多少钱一盒，那三根烟够你挣半拉月。

德山老汉顿时抽不下去了。 他的手在发抖，那盒烟红红的像一团火，燎得他不知是拿着好还是扔了好。 他相信黄三说的，这三根烟的价钱自己或许一个月都挣不出来呢……他的心都碎了，碎得跟碾盘上的棒楂儿一般，连半拉、整个的都没有，没有呀。 都是一个脑袋两条腿的人，在这世上活得咋这么不一样呢？ 人家天天吃香的喝辣的抽红的，想咋造就咋造，那可真是敞开肚皮吃，打着滚地花。 可自己这土老百姓呢，日子就过得远没人家那么舒心了。 从春忙到秋，收点玉米棒子，能卖出本来，就烧高香了，遇到个灾儿，连化肥钱都换不回来，他妈的，这叫怎么一档子事呀！ 抽！ 抽他娘的高级烟！ 不抽白不抽，抽了不白抽，好歹从俺鼻子眼儿往外冒出去，俺也过一把富人瘾……德山老汉猛抽了几口，忽然脑瓜里一翻个儿，自己又问自己，不对吧，老话讲人比人得死，货比货得扔，十个指头伸出来还不一般齐呢，天底下的那些人咋能过同一个饭锅里的日子？ 你这会儿日子是不如有权有钱的，可你不能光看贼吃肉不看贼挨打，人家李乡长整天开会，叨叨叨总得讲，那得费多少脑子，看不见他年轻轻的头发稀得就像大齿耙子啦？ 还有大黄瓜，当初他吃了上顿没下顿，混得快把裤子当了，那罪也受老了去啦。 唉，算啦算啦，李乡长谋个官也不易，咱别把人家饭碗给砸了。大黄瓜癞蛤蟆上墙头，也得让他有露脸的时候……德山老汉的心情渐渐地让自己给摩挲平静了些。 他把烟屁股抽净，还剩下小指甲盖那么一小截，他掐灭了就捏在俩指头间，准备留着回去掺到旱烟里抽。 而那多半包烟，他就想还给人家，毕竟不是自己的东西，而且那么金贵。 他刚要把烟递过去，就见李小柱和大黄瓜手里变戏法似的又有了金黄色的烟了。那颜色真叫正呀，焦黄焦黄的，还闪光，就跟金子的颜色一样，不，比金子还光亮。 德山老汉是见过金子的，是在城里的商店里见的。 老儿子娶媳妇，媳妇非要一样金货。 德山咬牙去买，才生平头一次见到金子是个啥样。 那天德山头疼，疼得直想碰点啥。 儿子非要买项链加耳环，德山说等俺撞了汽车你拿赔来的钱买金砖吧。 儿子知道爹倔，说得出来就办得出来，也就不非买了，后来只买了个小金镏子，还花了上千元。 把那镏子放在黑巴巴、粗拉拉的手心里，也就跟个大玉米粒子似的，亮都不咋亮。 德山心里流血，暗道你是啥东西变的，咋这么贵呀。 儿子当时还不满意，说够呛，给这点小玩意儿，怕是她都不愿意跟俺睡。 德山说爱睡不睡，扭头便走，到个没人处说道这丫头长个啥家伙这么金贵，打个金裤头裹上得了。 然后立刻咬了自己舌头，骂你是啥老公公，咋能背地里说人家儿媳妇，真是该咬该咬。 他不说该死，他不愿咒自己，何况长到满脸河沟渠子了，才第一次见到金子，应该原谅自己。 但那之后他就高兴起来，他想多亏了改革开放呀，要不然金子就是几块钱一个，自己也买不起，也没成心买。 如果天天发愁怎的才能填饱肚子，就是饭桌上摆块窝头那样大的金子，你照样还是挨饿呀。 这会儿虽说多花了些钱，可你毕竟买下来了，有朝一日，俺日子大富了，再买金货，咱就买沉的。 项链嘛，咱买狗链子那么粗；耳环嘛，买扁担钩那么壮；金镏子呢，就买棋盘子那么大；手镯呢，起码得赛过派出所所长的手铐子……可没想到呀没想到，俺一个能干又肯干的人，如今竟然不如当初狗屁不是的大黄瓜了。 不过，这也没啥，驴粪球还有发烧的时候，兴许大黄瓜就有发财的命。 可是，你也不能这么个发法，那山那矿不是他个人家的，那是村里全体村民的，他凭啥拿张什么盖着红圆戳的小纸一晃，就能伐大树剥山皮放响炮，然后大铲车就给他铲来大把大把的钱。 还有李小柱，说别的咱说不好，但电视里常讲要做公仆，榜样远有焦裕禄近有孔繁森。 你瞅瞅你，像个当公仆的样吗？ 见大黄瓜就乐就天晴，见到俺们就烦就变阴了。 不中，这也不是电视里要求的那样呀……

思来想去天阴天晴，德山老汉忽地站起来，并使劲将腰板挺直。虽然那老腰早已被岁月压得有些弯了，但他今天感觉自己的腰板是直的，因为他心里有点根，那根明明白白来自电视里的声音。之所以是声音而不是画面，是他家电视太旧了不出人影，但能当话匣子听，不过听声挺清楚的。他说："俺得好生说道说道了。"

"好，你说吧。"李小柱说。

"他能说出个蛋呀！"黄三讥笑。

"老哥，你大起胆子说，叫他们听听。"孙寡妇、崔大头说。

"俺说，俺当然要说，你们听着……"德山眼睛突然一亮，不由得拍拍大腿说，"对，俺要说，得坚持科学的发展，发展……"

"发展观嘛。"李小柱不屑一顾地说。

"啊对，关，你们这矿，俺看该关啦。"德山说。

"咋是关呢？不是关门的关。你懂吗？"黄三说。

"废话，不懂俺还说？"德山说，"电视里让讲科学，你弄得到处漆黑，回头老娘儿们养孩子都变成黑的了，这叫讲科学吗？不科学，就少废话，关呗！"

事情闹大了，这是谁都没想到的。崔大头有个朋友姓胡，也代过课早给裁了，后来就写些小稿挣稿费，得个绰号叫胡编。胡编路过小清河在崔大头家吃了顿饭，本想通过崔大头打听村里有没有奸杀情杀仇杀这类的事，但喝了酒崔大头吹牛，说别看俺给裁下来了，俺这会子更忙了，俺带着村民与破坏生态的行为做斗争呢，等等。 胡编毕竟常看报，敏感地说这可是太好的新闻呀，如果电视上一放，咱不光出名，还能有经济效益。 崔大头说那你快找人，俺在这儿当内应。 胡编还真有两下子，没几天居然把省台的记者整来了。这一下甭说李小柱，连县领导都急眼了，紧忙派来宣传部严部长（副部长），要求无论如何不能拍更不能播放，为此要不惜一切代价。 之所以这么做，领导也有苦衷，县里才开了大会下了文件，要求各乡镇抓住机遇大上铁矿让财政收入翻两番，如果电视一放弄得停产整顿，那损失就大了。

　　小车嗖嗖地一个劲儿往村里来，村民贼兴奋，但德山他仨毛了。 胡编和记者在驴圈里堵住崔大头，胡编拨开驴头说讲好的当内应，咋藏起猫儿来了？ 崔大头挠挠驴腚说俺不是头儿俺说不合适。 胡编说你说是你领人干的。 崔大头说那天不是喝酒吹牛嘛，你咋还当真？ 记者甲胖扛机器，乙瘦拎电线，丙是美女，叫何静，拿话筒，黑粗黑长的。 何静说那找你们的头儿吧。 崔大头皱眉撅腚就领到德山家，说就这儿都在呢。 一瞅德山这时正和孙寡妇撕巴，一边破提兜都准备好了。 德山说这还了得，就差来警车了，俺这老骨头可架不住收拾，俺得去城里看老伴了。 孙寡妇说你走不得呀，你豪言豪语说了那么多，把人都招引来了，你想窜了，没门。 德山老汉说俺把占道那钱退了中不？ 孙寡妇说加倍退也不中。德山老汉喊那你让俺干啥，干脆把俺钉棺材里得啦……

何静敏感，就把话筒伸过去。 德山老汉以为是电棍，立马就不出声了，浑身上下有点筛糠。 孙寡妇反应快，立刻说欢迎欢迎，这就是因喝黑水得病要进棺材的村民德山老同志，德山同志今年六十岁……

"错啦，六十一，属羊的，三月生的，妈的，命不好，三月羊，跑断肠……"德山不允许旁人说错自己的年岁。 往下的话，是不由自主溜达出来的，说惯了。

"命咋不好呀？ 您老说给我听听行吗？"何静兴奋至极。 好几年了，台里竞争很厉害，今天终于抓着这么好的新闻。 但她表现得很平静，说话声音极美，模样更招人喜欢。

"那咋不行。 瞧你这丫头挺会说话呢，比俺那俩儿媳妇强多了。 那两个猪，一个比一个厉害，一张嘴能把人戗南沟去。 那年俺就说了一句俺命不好，你猜她俩说啥？ 说命不好死了得啦。 你说这是人话吗？"德山觉得口干，舀碗水喝，喝半道把碗一亮说，"你们瞅，这命还能好吗！ 井水都给鼓捣黑了，还不让提意见，这也不是好作风呀！ 再喝下去，不进棺材还等啥……"

"精彩！ 说下去说下去。"何静面似桃花。

"停停，对不起，电池没电了，没录上。"摄像说。

"咋搞的，咋搞的！"何静跺脚。

"没事，重来，重来。"胡编说。

"大爷，您别急，咱重来，您别慌。"何静说。

"别慌，你说点儿着刀的解劲的。"孙寡妇说。

"着刀的？"德山手上接过一根烟，胡编立刻又给点着，他有点发蒙，问，"你们不是让俺进电视里吧？ ……嗯，不像，俺记得电视里都坐在桌子后说，俺是站着。 那好，俺就告诉你们点儿着刀解劲的吧……"

"什么着刀解劲的？"何静不大明白。

"就是最要紧的，关键的，重要的……"崔大头说。

"那太好了！ 您说您说。"何静举过话筒，"开始。"

"这啥玩意儿，黑驴胜似的，你小心出溜着俺！"德山往后退了半步。

"是话筒，你快溜儿说呀。"孙寡妇说。

"快说，费电。"崔大头说。

"俺说俺说。"德山抽口烟眯起眼说，"那个那个啥呀，就说这黑井水，它是从哪儿来的呢？ 当然是从井里来的，不是从山上流下来的，也不是从天上下雨下来的……"

"这不是废话嘛。"孙寡妇说，"说着刀的。 别说用不着的。"

"别急呀，俺得一点点说。"德山伸手又要根烟夹在耳朵上说，"问题是现在俺肚里有点饿。"

"说完了我请客。"何静说。

"吃粉条子炖肉。"

"没问题。"

"俺说……"

突然间院里一阵大乱，就像有一个连的民兵进来了。 德山年轻时在村里当过基干民兵，负责过点名报数，听声便知道进来大队人马了。 打头的正是宣传部严部长，半袖衫雪白，裤子、皮鞋漆黑，脸蛋子溜圆，眼珠子贼鼓。 后面随着李小柱还有一大当啷人，其中有好几个扛机器拿话筒挎相机的，最后还有俩警察一边一个站在大门外没进来。 德山脑袋嗡地一下全乱了，耳朵也不好使了，但眼神还行，眼里就见两拨人又握手又说话又推搡又戗戗，到后来双方脸色都变了，说些个自己听不清更听不明白的话。 再后来他就发现孙寡妇没了崔大头不见了，剩下的人全冲自己来了，起码有一个班的嘴跟自己说啥，好几十只眼珠子朝自己瞪着，最吓人的是那话筒，一根变成四五根，又加上刺眼的灯和咔咔响的圆镜片子……

德山几乎晕过去，或者说有那么一瞬间已经晕过去了。但他心里明白（人临大难心里清楚），暗道这下不光粉条子炖肉没了，弄不好就是武大郎服毒——没活路了（不喝潘金莲硬灌）。 眼下咋办呢？ 不能等死呀，得麻溜跑，跑得越快越远越好。 他好后悔哟，老人活着时讲过，好民不跟官斗，好猪不做腊肉。 这可都是庄稼人一辈辈总结出来的经验呀。 你说你个老糊涂蛋，咋就让那孙寡妇给糊弄了呢！ 她说东你就往东，她指西你就奔西，她给你整个套你就往里钻，她给你画个圈你就往里跳。 真亏了你活了六十多年，一年白长两岁（一个阳历一个阴历），你咋就搞不清爽呢？ 那大黄瓜是好惹的？ 那李小柱更惹不起，还有这个新来的大鱼眼珠子，那哪儿是眼珠，简直是焊灯，多照咱几下咱就干巴个球了。"哎哟，俺得出去一趟，肚子这叫疼。"德山打定主意，就装起来。"老哥，你别装，我知道你肚子不疼。"严部长很有把握地说。"俺肚子疼不疼，你咋知道？肠子又没长在你肚子里。"德山说。"俺村'四清'是重点，村民坐下病了，一紧张就蹿稀，俺肚也疼，俺跟他一块儿去。"老赵说。

总算出了大门，钻进当街一个茅厕，才进去老赵就说德山呀德山，你快跑吧，让他们整走了可不得了呀，你把县领导都得罪了。德山说，俺跑了你咋办？老赵说俺好歹是村干部，兴许治不了罪。德山说俺八辈子都忘不了你的恩情，再托生就姓赵，给你当毛孙子。老赵说你别说啦快跑吧。德山说俺这会子肚子还真疼啦跑不了啦，等俺拉完了再跑吧。老赵说那还磨蹭啥呀。茅厕门口露出一对大鼓眼珠子说："你俩别着急，我们等着呢，咱去县里接受采访。"

德山差点一屁股坐屎坑里去。

县城的月亮不知跑哪儿去了，屋里一团漆黑。德山老汉彻底失眠了。按按身下县招待所稀软的床，他说这是床还是渔网呀，胳膊腿都伸不直。崔大头说土老帽，这叫席梦思。德山说啥思不思，可没俺家大炕舒坦。崔大头说那是你没享福的命。德山说你有你咋也睡不着？

崔大头不由得叹了口气，说这回祸可惹大了，县里和胡编他们干起来了，双方谁也不服谁。 德山说那可咋办？ 崔大头说胡编说了明天就全看你的啦。 德山一听就着急，说咋全看俺呢，不能炒豆大家吃，砸锅一个人赔，俺找孙寡妇去。 他猛地坐起来，身子一歪，手没按住，咕咚人就扎到床下了，把崔大头吓了一跳说啥响，开了灯，见德山脑门子抢破了皮，光个腚眼子往起爬。 崔大头忙又关灯说下地咋脑袋先下来，生孩子呀？ 德山骂生你娘个蛋，俺按炕沿没按着，才按地下来，你再给个亮儿呀。 崔大头说你咋连裤头都不穿，多不文明。 德山摸上床说谁知道把俺拉这儿来，也不容俺找个裤头呀。 崔大头说好啦好啦别闹啦，睡不着正好想想明天咋说。 德山说是你找来那个胡编，凭啥让俺说？ 崔大头说今晚顶数你在饭桌上吃得多，那红烧肉俺一共才吃两块，你吃了六块，你不说谁说？ 德山老汉说俺不是拉稀拉得肚子空嘛，那你大米饭吃得还比俺多呢，你吃了五碗。 崔大头说五碗得看多大的碗，牛眼珠子那么大，俺能吃十碗呢。 德山老汉不吭声了，他心想，明天到底该咋办呢？ 跑是够呛，在茅厕里都没跑了，在这拐来拐去的楼里，连大门在哪儿都不清楚，往哪儿跑呀？ 再给抓回来，肯定得挨狠收拾。 干脆不跑了，死猪不怕开水烫，何况饭菜那么好，一大桌子有鱼有肉，尤其那大红块子肉……至于到时候咋说，管他呢，说实话咋也犯不了死罪……

"德山大哥，我来看你啦。"胡编悄悄地钻进房间，没有开灯，小声说，"咱就黑着说吧。 二位，一会儿何静要来采访你们。"

"明天白天采吧。"崔大头说。

"就是，这黑灯瞎火也踩不准，俺头皮破了，再踩出血。"德山说。

"是采访不是踩人。白天他们不让，帮我一把吧。"胡编求道。

"不中，俺连个正经穿戴可都没有。"德山找理由说。

"我给你买了一身衣服，你穿上吧。"胡编有所准备，递过来。

"这得多少钱呀！"德山老汉欢喜地接过。

"送给您的。"胡编说，"没法子，县里不让，只能这会儿偷着来了，二位老兄得成全了我呀，我一辈子忘不了大恩大德。"

"有这大造化？"德山把衣服放下说，"蒙人呢。"

"龟孙才蒙你！这个节目只要往外一播，就能轰动，就能获奖。"胡编说，"往下我就能调进电视台。"

德山老汉把衣服往胡编怀里一扔说："狗日的，你小子也不够意思，咱就是想为老百姓说几句公道话，你咋光想你个人得好处。"

"就是嘛，那么着俺们不说了。"崔大头说。

"二位爷，二位爷呀，原谅我，我不是没把你们当外人，才把心窝子里的话掏给你们嘛。"胡编抹着汗说，"搞批评报道不容易，刚才我差点让一砖头给撂倒。我这是何苦呢，在家编凶杀案多省心。"

"可也是，你们跟他们干架为的谁呀。"崔大头说，"德山老哥，咱该说呀。"

"是啊，那就说呗。"德山抓过衣服抖搂，"裤头呢？"

"裤头？你要裤头干啥？"胡编不解。

"又不让你穿裤头对镜头，你要那干啥？"崔大头说。

"对啦，有外面挡住就行啦，俺咋忘了。"德山穿起来。

胡编出去叫人，时间不长，就有人进来，也没开灯。德山说来啦，那边嗯了一声，德山就说："要说俺们小清河这件事吧，确实得说道说道了，那个黄三和李小柱他们……"

"错啦，错啦。"崔大头小声说。

"没错，没错，就是他俩。"德山朝崔大头哼了一声，"就是他俩，那还有错？这俩人可不得了呀，一个有权一个有钱，没人敢惹呀……不是俺们老百姓看人家发财眼珠子发红……那个那个，要说实话，眼珠子没大红也有点小红，可小红也就得让人家红红，红了又不偷又不抢，顶多拦个道挣俩钱花，对大黄瓜也不算啥，也就当扶贫了，你说是不是？"

"是、是。"

"这就对啦。钱挣多了你就得想着点没钱的人。还有呢，你更不能祸害没钱的人。就说那尾矿吧，你炼粉子不能没尾矿，可你咋也不能往河里流呀，那是龙王爷走水的地方，是老百姓解渴的泉子，咋能把那祸害了呢！那不是坏良心吗？　俺告诉你们吧，大黄瓜敢这么无法无天，就因为他上面有后台。　不像咱土老百姓，咱是寡妇睡觉——上面没人。你想知道他的后台是谁吗？"

"想知道，你说。"

"哎哟，你声音咋变这么粗？　不是那个啥静……哎哟娘亲！"

德山老汉摸着火柴划着，借着那点儿亮一看，可把他吓毁了，差点背过气去，对面是一对大鼓眼珠子，旁边则是李小柱和黄三等。　崔大头把灯拉着，紧忙说领导呀领导，你们都听见了，这些话都是德山说的，俺可啥都没说。　德山心里骂崔大头你个叛徒，但也就明白这回甭管咋说又是一个没好了，忽然间就想起梁山好汉，索性把脖子一梗说：

"就是俺说的，你们可劲儿收拾吧，皱一下眉头不是好汉。"

…………

非常非常奇怪，那俩大眼珠子转了转，说声你俩歇着吧，就带人出去了。　后来，就听门外有人吵，越吵声越大，是何静的声音，说我们一定要采访德山。　李小柱说人家正睡觉不能采访。　胡编喊德山大哥你出来一下。　李小柱说不能出来。　胡编说德山大伯你要坚持真理。　李小柱说德山同志别忘了你是小清河的人……德山缓过神来说大头你个叛徒快说咱咋办。　崔大头说原谅俺叛一回吧，往下不叛就是了。德山说快想法子吧。　崔大头抱着大脑袋说俺要有法儿就好了。 德山说咱还是跑吧，从窗户跑。 崔大头说俺早看了是二楼，下面还有个沟。 正在这时，窗外有人喊快下来吧俺来接你俩。 原来是孙寡妇把梯子立起来了。 德山好生奇怪，你哪儿来的梯子？ 孙寡妇说别问了，快跑球的吧。

天气原是暴热，能晒死狗，忽然间又变成闷热，溽了吧唧，叫人喘不过气来。 小清河这两天的情景跟这天气没两样，不晴不阴，迷迷瞪瞪，云里雾里，想痛痛快快出口气，都不知往哪儿出。

事情不光闹大了，还闹得复杂了。 本来只是一家电视台和县里乡里较劲，这会子又来了好几家电视台和报社记者，大嘴小嘴俊的丑的都说这是非常难得的新闻（吃黑井水致癌）呀，如果报道出去，肯定能引起轰动不说，没准儿还能拿全国好新闻奖。 这都是何静干的。 何静那天夜里不光让人把话筒给撅楼下去了，还挨了好几脚，胡编则彻底给打进医院了。 新来的记者们对着镜头发誓，一定要捍卫新闻的尊严，绝不贪生怕死。 这边呢，也不示弱，黄三雇了几十条壮汉在村里转来转去，口口声声说要保护本地经济，哪个敢采访，就别想活着走出小清河。

吃了晚饭孙寡妇来找德山。 德山家门口有俩乡治安员把着，一般人不让进，严部长说这是为了保护德山的安全。但孙寡妇例外，她畅通无阻。 孙寡妇在家喝了酒，脸蛋子红扑扑的。 进屋一看崔大头也在，正和德山俩人鼓捣饭呢，就说你俩好心宽呀，还有心思吃饭。 崔大头说不死就得吃，又有人送米送菜的，还有猪头肉，正好下酒。 德山说你也在这儿一块儿吃吧。 孙寡妇长叹一口气说你们还有心思吃饭，咱们大难临头了。 德山说俺想好啦，爱咋着就咋着，俺豁出去了。

孙寡妇就掰着手指头分析开：眼下这事到了没法收场的地步了。 如果电视上一播，不仅全县新上的那些矿都得关张赔钱，弄不好县长、乡长就得丢了纱翅帽。 往下这些当官的收拾咱不说，黄三那帮黑道上的哥儿们也得把咱们拍成柿饼。 如果咱命大没死，估计也在这儿待不下去了，也得老和尚睡觉——吹灯拔蜡走人，俺走就走了，可惜你俩啦……这一说就说得德山和崔大头目瞪口呆。 德山说难道连老窝都保不住了，那可咋好？ 崔大头说俺不要工钱还不中，喝黑水咋也比喝不上水死了强多了。 孙寡妇说够呛够呛，他们两拨儿都僵在那儿了，谁也不服软，看来只有德山大哥能把烙煳的饼翻过来。 德山说俺咋翻，俺有那能耐也不跳窗户了。 孙寡妇摇摇头说不对不对，咱们三个人还就得靠您才行，只有您才有这根筋。 德山说你别您您的，俺听着像跟旁人说话，还是说你吧，咱土老百姓，跟泥打交道，听着顺耳。 孙寡妇猛地拍拍大胸脯，说："那好吧，俺就不遮不藏了，德山大哥，只要你把话反过来一说，就说俺们本来没想闹事，是那个胡编挑逗的，俺们上了他的当，一切就都行了。"

德山听完好一阵没琢磨过味来。 崔大头皱着眉头想说啥，孙寡妇把他拉到当院，也不知嘀咕了一阵啥，再回来崔大头就不皱眉了，还有点笑容，说："老哥，难为你啦。事到如今，也只能这么办了。"

"这么办……"德山自言自语道，"他们就不收拾咱啦？"

"不收拾。"

"也不拍成柿饼？"

"不拍。"

"也不吹灯拔蜡？"

"不吹，不拔。"

"不对呀！你俩，你俩到底是哪拨儿的？"德山抄起水瓢叭地摔成好几瓣，骂道，"你以为俺老糊涂啦，你以为俺好糊弄呀，你俩这是叛徒，叛徒呀！"

"叛叛叛叛徒？"崔大头结巴了。

"没错，你小子咋这么快又叛一回呀！"德山指着孙寡妇说，"要说谁叛也不该你叛。你从城里回来做啥？就为当叛徒？"

"老哥，俺有点顶不住了……"孙寡妇脸臊得不行了。

"是她，动员俺叛变的。"崔大头说。

"当叛徒早晚没有好果子吃。不信你俩瞧着，错了俺把眼珠抠出来当泡儿踩。"德山说，"你俩要非叛，也中，那俺就大叛，把老底全端出去，看谁倒霉。"

崔大头瞅瞅德山，说这道理其实谁心里都明白，可是不这么办又能咋办，刚才她说李小柱答应还让俺回学校还给转正。孙寡妇酒劲过了，大屁股往门槛上一坐，说俺也不瞒你们啦，在县里黄三答应如果把这事摆平，他和俺重归于好，还给俺一笔钱，那梯子都是他找的。德山拍拍大腿说瞅瞅瞅瞅，闹了半天你俩都被人收买了呀，怪不得争着抢着当叛徒。孙寡妇脸由红变白，说可别再提叛徒啦，羞死人啦，不仗着酒劲张不开口。崔大头说可不是，比她让人强奸了还难受。孙寡妇站起来噔噔给崔大头两脚，说你说的是人话吗？谁让强奸了？崔大头说俺那是个比喻，比喻你懂吗？你没文化。德山说好啦你俩别饧饧啦，你崔大头自己小学都没念完，就是乡长提携你，学生家长也不干呀。还有你孙寡妇，不是俺小瞧你，也就在俺们这些老土坷垃眼里，你还像盆子花，也顶多是盆大叶子草，搁人大黄瓜相好的面前，还有那个拿电棍的啥静跟前，你就是一摊老母猪的肚皮肉，还觉得挺不错，还重归于好，还给一笔钱，想得美……

"中了吧，训够了吧？"孙寡妇问。

"没有，对叛徒还能留情？"德山出口长气说，"妈的，这训斥人倒是挺痛快的，下辈子可得托生个当官的了。"

"过把瘾就行了，快说往下咋办！"崔大头说。

"是啊，往下咋办……"德山想想吞吞吐吐地说，"你俩不是又革命回来了吗，那就你俩上吧，俺岁数大了……"

"不中不中，你刚才训够了，自己倒打秃噜耙，没门！"

"对，没门。除非你死啦。"

"那，那就说俺死了，死了也不反口，也不当叛徒，中不？"

仨人六眼碰到了一起。夜幕降临，正是谋划对策的好时候。

就在双方互不相让摩拳擦掌准备拼杀一场的关键时刻，突然传来了个惊人的消息：本次事件的最重要人物德山老汉，已于头天夜间喝卤水自杀了。

半道挨了一闷棍，就打得一群记者目瞪口呆。何静要稳住众人，说不可能绝对不可能，人家性格挺开朗的，怎么能自杀呢？这里面肯定有文章。严部长心里松快了，说能有啥文章呀，他一个老农，哪见过这阵势，一心窄可不就寻了短见。李小柱说其中还有个原因，就是他和老伴干架，老伴气走了，还要离婚。黄三说这德山老不正经，和那个孙寡妇乱搞两性关系，让人发现没脸见人，只能喝卤水，这事在我们这儿多了去啦，喝的卤水比点豆腐用的还多。严部长说你说得也太邪乎了，可没有那么多。黄三嘿嘿一笑，说我的意思是请各位记者趁早走，不然他儿子回来找你们要人。

有个报社记者怕沾包，找个借口溜了。何静这女的贼倔（女的倔起来比男的厉害），说啥也要去德山家看看。严部长说死人可是大事，没人敢开玩笑。他叫来乡派出所所长，所长掏出村里开的死亡证明，说户口都销了，这上面有大印。老赵说报丧的电话都打出去了，打墓子的人也号齐了，这大热天得紧溜埋，多放一天肚子就胀气放炮了。 说得何静头皮发麻，心里也犯嘀咕。 这时胡编头上缠着纱布找来了，他兜子落村里了，兜里有稿子。 本来他要回家，忽听德山死了，一下子他来了精神头，说啥也要前去吊唁。 黄三问你原先也不认识他，你去吊哪门子？ 胡编说俺写好几年凶杀死人，如今见了发丧的就得去，不去就失眠。 说完就噌噌往德山家跑。 何静和其他记者一看也跟上去。 严部长脸色就有些不好看，问老赵咋样，不会露馅吧？ 老赵瞅眼黄三说钱都给了，肯定都没问题。 说完他又不放心，叭叭打开喇叭喊："给德山办白事的听着呀，别让记者惊了德山的魂呀，惊了魂就不给工钱啦。"黄三问："咋着，你还没给呀？"老赵说："都给了怕没啥管辖的了。"黄三抄过话筒："听着，干好了俺加倍。"严部长说："小心记者听见。"黄三说："听见人也是死的。"

可能是跑得急，何静等人还真没听清喇叭里说的啥。 到了德山家，就见一院子人堵个严实，愣挤不上前。 崔大头迎上拉住胡编的手，鼻涕眼泪呜噜呜噜也不知说的啥，孙寡妇告诉何静快瞅一眼就走吧，让他儿子碰上你们就走不了啦。 何静等人好不容易从棺材边人缝儿里挤过去，到了屋门口供桌挡了，只见光线暗暗的堂屋里，俩条凳支的门板上挺着个人，身上是厚棉衣，脸面蒙着白布单。 何静挺精，说跟老人家告别，还是让我们进去看一眼吧。 崔大头说就在外边看吧，卤水烧得不像个样子。 胡编说不让看我们就不走。 孙寡妇跟屋里人说那就看一眼吧就一眼。 有人掀下布单，就露出德山焦黄焦黄一动不动的脸，好生吓人。 何静立马闭上眼，心里刀扎似的，眼泪哗哗流下，心里说多好的老汉，头两天还跟自己面对面说话，一转眼就去了。 胡编见死人见多了，一点儿也不怕，他吸吸鼻子问："咋一股子黄酱味儿？"

"想用黄酱解卤水来着。"有人说。

"我得上前磕个头。"胡编就往屋里钻。

"你大街上磕去吧！"立刻上来两个壮汉，嗖地一下就把胡编拎当街去了，随后何静等人也给撵出来，然后又撵出村。 到了公路上，何静问胡编看出了什么，胡编说太远没看出破定（绽）。 何静问那咋办，胡编说一埋就没法办了。何静说咱们别泄气，先回去歇两天，然后憋不住说是破绽不是破定。 胡编摸摸屁股说是啊我都念二十来年定了。

有人喊了嗓子记者走了，德山咣当一下就把门板翻塌了，倒在地上一边扒棉衣一边抹脸上的黄酱，口里骂："你们是存心要把俺真的害死呀！"

"哪能呢，这不是蒙记者嘛！"

"有这么蒙的吗？ 这么厚的酱，要是把鼻眼糊上，不是把俺憋死啦！ 还有这棉衣，要热死俺啦！"

"不抹酱能有死人色吗？ 不抹酱你眼皮啥的能不动吗？不穿棉衣，你喘气能看不出来吗？"

"这是他娘的谁的招儿，这么狠毒！"

"除了大黄瓜还有谁，他装过死。"

"那家伙顶不是东西!"

黄三皮笑肉不笑地过来，手里掂着砖头厚的钱，说谁说我不是东西，你们看这是啥东西。 严部长就从后面拍了一下他的肩头，说德山同志是顾全大局才委屈了自己，得感谢人家才是。 李小柱说是呀是呀，快动手收拾了这屋这院，往后可别动不动就找电视台了，有事咱们自己好商量。 严部长又拍下黄三的肩头说你也该反思反思。 黄三满脸的不高兴，用手拨拉一下肩头，说老严你少拍我，我反思啥我反思? 严部长愣了愣，说我们这可都是为你忙来忙去，你咋这么说话? 黄三用鼻子哼了一下，说还不知道为谁呢，为钱吧。 然后他就撒钱，这个两张那个三张，但就是不给德山、崔大头和孙寡妇。 崔大头就急，说俺们是主要人物，咋没俺们的? 孙寡妇说咱仨得单给吧，不跟大伙一拨儿。 黄三哼了一声说不一拨儿没错，但单给不见得，回头我把钱给了，你们一个电话把电视台又招回来了，我才不上当呢。 孙寡妇脸气得发白，说大黄瓜你鼻子下长的是嘴还是屎盆子，你说过的话咋就不算数呢? 黄三脖子一梗说算数咋的不算数咋的，老子有钱，没啥摆不平的事，你这次回来就是给我添乱的，我没找你算账就便宜了你。 孙寡妇气得一蹦老高，喊大黄瓜你忘恩负义，不是当年求俺给你买酒喝了，老娘今天不把你黄瓜架扒倒，就不姓孙猴子的孙，然后伸手就挠。 黄三的保镖立刻上前挡住，双方撕巴成一团。

德山老汉在一旁看着看着，忽然就哈哈大笑，又呜呜大哭，吓得崔大头直喊别打了别打了德山疯了。德山拎起酱坛，抓了一把糨糊糊，呼地就扬到院当空，又抓一把又扬，满院人惊叫着躲避这大酱雨。

德山抓住崔大头喊："哎哟，俺不如真死了！"

县领导暗地下了死命令，无论如何不能让德山"活"过来。原因是这一回何静找来了名气更大的几家新闻媒体卷土重来。众人认定所谓德山之死完全是一场戏，所以一定要找到德山本人，搞清事实真相，以产生轰动效应。

这回大黄瓜也嚣张不起来了，市环保局来了人，让他停产治理。他给县环保局一个哥儿们打电话，问用不用花钱打点，那哥儿们回答时舌头都不利索了，说检察院才跟我谈完话，可能有人把你供出来了，眼下你就猫着可别添乱了。严部长记恨黄三那会儿对他不敬，来电话说部里经费紧张，意在敲黄三一下。黄三正发蒙，顺嘴就把严部长给回绝了，不光回绝，还稀里糊涂说现在的人真是坏，要了钱还把人家供出去。这下把严部长气得火冒三丈，幸亏不是面对面，否则非骂人不可。放下电话严部长就给部下一个叫小丁的干事暗示，让检察院和环保局一块儿介入，收拾黄三。小丁心领神会，立马去办。李小柱那里已经是热锅里的蚂蚁了。县委书记在宾馆接见新闻媒体，叫记者问得小肚子拧劲疼，强坚持下来，就近找个洗手间要方便，那里就一个大便坑还让人占着。 以为等一会儿就能腾出了，不料里面那位烟卷一根接一根，看意思一时半会儿不想出来。 后来那位一探头，把书记气个半死，原来是李小柱。 李小柱还说书记您好。 书记说好个屁你快给我让地方……

　　县城不大，记者无孔不入，没半天时间就找到线索，说那个叫德山的老汉不仅没死，而且活得棒棒的。 不过他不在小清河，而是躲在他儿子家，他儿子啥活都干，媳妇在市场卖菜。 何静立刻带胡编等人去菜市场，一打听，有人指就是那个包子眼。 何静还不明白，人家说她割双眼皮找的大夫原来是修脚的，就割成包子褶了。 何静顿时小肚子发凉，低着头寻过去，就听包子眼冲着大道喊这叫啥人，说好了要西红柿俺才进了这些，不要了俺咋办？ 何静慢慢抬头，满眼都是红红的软软的，要烂了。 何静说大嫂我全买了，可你得告诉我个事。 包子眼说不就是找俺公公吗，俺都告诉两拨儿了，俺老公公没死，身板硬朗着呢，一顿吃八两饺子，还喝两瓶啤酒，贼能吃。 胡编问，那人呢？ 包子眼却不说了，眼睛瞅着西红柿。 何静掏出一张大票递过去。 包子眼立刻笑得包子褶都开了，说俺公公这会子一准就着羊汤喝小酒呢。 胡编说，他还有心思喝酒？ 包子眼说俺公公说反正死了一回了，往下吃了喝了全是白占了。 胡编问清地点叫上何静就走。 包子眼还喊你的柿子。 何静说送给你啦。 包子眼得意地跟身边的人说咋样，一个柿子没动，都挣三张大票了。 人家说那得感谢你老公公。 包子眼说回头给他打一塑料桶酒，管他喝够。

胡编、何静撵到羊汤馆，没见到德山老汉，却看见两拨儿同行，肩头机器还都扛着镜头盖开着，分明是要抢第一新闻。一问他们也是从菜场那儿来。胡编忙问卖羊汤和喝羊汤的，有的说那老头奔菜地去了，有的说奔铁路货场去了，还有个人说他好像奔了火葬场。想想去哪儿都有可能，何静说咱们还是合作吧，找着人一起采访，谁也不能抢先。于是兵分三路追下去。他们才走，小丁就赶来，他人熟，问了几句立刻给严部长打电话，说照他们这个追法，德山就是钻鼠洞里也得给挖出来。严部长急了，说小丁你想提拔不，小丁说做梦都想。严部长说你把德山藏没了，回头俺力保你当科长。小丁为难地说，万一藏不住呢？严部长说你也知道机构改革部里正研究派谁下去当村主任。小丁喊我藏我藏我把他当出土文物藏了。关了手机小丁尿都快出来了，心里说德山你是我爹呀，你可别让记者逮着。他看看有十来人喝羊汤，忙掏出五十块给老板说各位的羊汤钱我出了，谁发现那个老头立刻打我手机，我再给五十，不算数是王八。马上还就有人响应，问去手机号。其实五十不算重赏，但当下闲人多，兴许谁搂草打兔子就碰上了呢，不是白得吗？结果没过二十分钟，电话就来了，说那老头在火葬场里跟刻碑的闲聊呢。小丁这时正找到看守所门外跟开囚车的哥儿们说啥，接完电话他一头就钻进车里，说快去火葬场。那哥儿们说不行呀我要拉个嫌犯。小丁说你就当我是嫌犯吧，嫌犯兴许能释放，当上村主任轻易解脱不了。

德山老汉去火葬场是打听一下大理石墓碑的价钱，他想给自己和老伴百年后也弄上一块。这个想法以前没有，连想都没想过，但那天在门板上挺着时，黄酱熏得他喘不过气，他说俺真有点不行了，崔大头说你如果真不行了将来俺给你坟头立块碑，记下你的功劳。事后他问崔大头你给俺弄块啥碑，崔大头说俺二舅会凿猪食槽子，也能在石头上凿字，回头俺让他给你凿一块。德山气得给了崔大头一巴掌，说你把俺埋他家猪圈里得啦。这两天闲下来他就琢磨，暗想人过留名雁过留声，俺虽然是个平民百姓，老来也算是干了件惊动州府的大事，日后要是坟头有名石碑有字，也不枉来人世一趟。后来喝羊汤时跟人闲聊，听说火葬场那儿就卖石碑，他就过来了。过来见电锯铮铮正割呢，满屋粉子，吸口气就跟钻面缸里似的，贼呛人。不过那大理石洁白如玉可真好呀。可一问价他傻了，大块石碑成百上千都不止。他说那得多大坟包子才能配上，咱老百姓可用不着那大的，大的还是留给吃官饭的，咱只想要块小的，能留下几行字就中。卖石碑的老板也不知怎的就感慨了，说你这老爷子说的是实话呀。结果德山就跟人家聊起来，就说出自己是哪哪儿的。那老板消息挺灵通还挺仗义，说闹半天是你呀，你为群众差点死了，我这儿边角料有的是，你随便挑一块吧，啥时用让你儿子拿来刻字，就把德山乐得屁颠屁颠地到房后去找石料。也就这当口，何静和胡编进了厂房，顾不上呛，忙打听是不是有个小清河的老汉来。 老板说在房后找墓碑呢，一会儿就回来，我俩还没唠完呢。 这话却让何静停了脚，她琢磨画面最好从老板这儿拍起，再拍德山抱着石碑进来，那样就自然了。 她让摄像做好准备，胡编说不是讲好一块儿采访吗？ 何静说要不你只能写尸体呢，脑子太僵了。 胡编点点头说不错我今天学了一手，那咱们就偷拍吧。 何静说快都藏起来，看他跟老板怎么唠。 他们就钻到石堆里，石料尖刀子一般，还把何静手给划破了，她不知道，一摸脸抹出不少血道子。 等了一阵不见人回来，又等一阵还不见人回来。 后来就听警笛尖叫，又有人喊俺的碑俺的碑呀。 何静说坏啦，第一个蹿出去，就见辆囚车扬尘而去，紧忙问是咋回事，刻碑的说可能是抓逃犯吧，听说看守所让人打了个洞跑了俩。 何静急得跺脚，说快追呀。 迎面过来送葬的，一看前是囚车，后是满脸血迹的女子，还有摄像的，就说准是拍电视剧的……

　　德山老汉让小丁带到一家饭店里。 德山老汉埋怨不该用那种车拉他，更不该不让他把石碑带来。 小丁不敢得罪他，说之所以把您以这种特殊方式请到这儿来，绝对是为了您的安全。 他又瞎编，说据可靠情报，有人出十万块钱买您的人头。 德山胡噜胡噜脑袋，唰唰地掉灰渣面儿，说这硬球值那老些钱？ 小丁说值值太值啦，你为百姓生存挺身而出，你是英雄呀，我现在的责任就是保护好你这个英雄。 德山就有点昏昏然，说既然你们又承认俺是英雄，那就答应俺一个条件吧。 小丁问啥条件。 德山说："给俺戴个大红花，登台上光荣一把。 要不然外人都以为俺死了，也好纠正一下。"

"这可不行。 这会儿你千万不能露面，对外还得说你死了。"小丁说，"得等记者走了以后你才能活。"

"那得啥时候？"德山皱着眉头说，"他们要待到秋后，俺地里庄稼谁收拾？"

"待不了那些日子。"小丁说，"不过得随时警惕，他们会随时来。"

"咋着，随时来？"德山说，"就是说，他们来一回，俺就得死一回？"

"差不多吧。 得有这个思想准备。"小丁说。

"老子不干了！ 才说俺是英雄，有这么隔三岔五装死的英雄吗！ 连狗熊都不如。 狗熊一年才猫一回冬，俺却得死好几回，俺不干，俺这就走，这就走。"德山说着起身就走。

严部长带着李小柱、孙寡妇、崔大头找来，严部长说这地方不赖呀你别走。 孙寡妇说记者可大街找你呢，出去就逮着。 崔大头说您老就听他们安排吧，一准比在家吃得好。李小柱说回头乡里多给你补贴。 严部长立刻就叫小丁在单间安排了饭，又给德山敬酒。 德山喝了酒就不忙着走了，但心里还是烦，问严部长，往下不能总这么藏着也不能隔些天就死一回吧？ 严部长刚说不能，腰间手机就响了，他一看号码就让众人安静，说是（县委）书记打的。 可他听着听着脸就变色了，后来话音都颤了。 原来，书记火了，说你们是咋搞的，让人又死了又活了的，那姓何的女记者通天，省里刚才打来电话，让我尽快弄清楚，直接向上汇报，如果真是这样，麻烦就大了。 严部长小心翼翼地问，那您有什么意见？书记骂道你他妈的还问我有啥意见，你要是不把这事搞得天衣无缝，就别回来上班了。 严部长立马白毛汗都冒出来了，赶紧招呼李小柱和小丁出来研究这可咋办，书记那头都骂娘啦。 李小柱说那又能咋办呢，一旦上面动了真章，开棺验尸都有可能，这么一个大活人，瞒不住呀。 小丁说火葬场里倒是有没主儿的尸体，要不咱弄个假的埋了。 严部长说那还是没大把握呀，这儿毕竟有个活的。 这时崔大头喝高了出来撒尿，听着个尾巴，就瞎掺和说："是、是呢，有个活、活的不好办呀！"

"那你说咋办？"严部长问。

"好办呀，该活就活，该死就死，领导下、下指示呗。"崔大头说。

"那能行？"严部长摇头。

"早、早死晚死都得死，抹大酱那天，他亲口跟俺说他真想死了。 但俺想条件不能亏了人家。"崔大头说。

众人头脑蒙蒙地就回单间，连着敬德山的酒，这一敬，德山就五迷了，说各位这么看得起俺，俺也挺感动的，这事虽然过去了，但往后有用得着俺的地方，你们只管说话。 孙寡妇也喝高了，说刀山火海俺们都敢上，你们说吧，只要不当叛徒。 德山说对只要不当叛徒，死咱都不怕。 崔大头说，咋样人家死都不怕吧？ 严部长把半瓶酒嘟嘟灌下，咕咚就跪下了，抱拳说德山大哥呀你救救兄弟吧，这事全靠你啦。 李小柱说是啊是啊严部长都快急死了。 小丁说严部长要是不胖他就替你死啦，实在是你俩的体形相差太大。 这么一说，把德山和孙寡妇都说愣了，赶忙拽严部长，孙寡妇问，这是咋回事呀还要坏性命？ 崔大头说，说啥严部长的命也比咱的值钱，咱不能让部长替咱死呀。 德山说对对对，有死人的事，咱不能让人家领导走在前头，轮也先轮着咱。 孙寡妇说那可不见得，啥叫领导，领导就是啥事都在前领着，要倒下也得他们领先倒下。 严部长说算啦算啦我实话跟你们说了吧，德山大哥不是已经死了吗，记者不相信，告到上面，要是看见活的，就坏大事了……

"咋着？ 还要真死！"孙寡妇说，"那可不中，人命关天。"

"那倒是，不过……"崔大头咽下半个鱼头说，"也可以考虑考虑。 这个，人固有一死嘛。 早死晚死都得死。 过去是讲重于泰山轻于鸿毛，现在讲的是死一把值多少钱，哎哟……"

鱼头骨卡了崔大头的嗓子，脸憋得通红。 大家紧忙找醋往里灌，好一阵人才缓过来。 德山说："是不是你要抢这个先？ 俺可不跟你争。 俺还没活够呢，这会儿日子多好，也不搞运动了。"

"那可不行，往下记者可劲儿找你，咋办？"李小柱说，"你还得为县领导着想，为全县经济发展大局着想，为全县几十万人民着想。"

"就是。你这个年纪，往下说不定就闹病闹灾。万一得了癌，花钱多少不说，受罪呀。"小丁说，"我爸化疗时，直想跳楼抹脖子，到了也没活几个月。"

"德山大哥，咱可说清，这事是自愿，组织上可没逼你，领导也没强迫你。"严部长说，"至于死后给多少钱嘛，我想，我们是绝对亏待不了你的，对此，我可以保证……"

"咋着，这事都定下来啦？"德山跳起喊，"俺也没同意呀，咋说着说着就把俺给说死啦？俺不干！俺不死，谁愿意死谁去死，反正俺不死。要死让崔大头死。"

"俺跟你模样差得多，俺死了记者照样找你。"崔大头说。

"那俺也不死。"德山说。

"不死。"孙寡妇说。

"不死，领导咋办？"李小柱说。

"爱咋办就咋办！俺管不着！"德山急了眼，伸手把桌子就给掀翻了。

后来的情况是：众人酒醒了，明白了那是不可能的事。何静、胡编等人也找来了。面对闪闪灯光，德山说老子可得说啦，再不说就给逼死啦！

…………

电视播出了，尾矿改了地方，小清河的水清了，井水也清了。 大黄瓜也不那么牛气了（查出偷税问题，行贿查到半道打住了），但照样挣大钱。 李小柱到县里一个局当局长（平调），严部长继续当副部长（还称部长），小丁提了副科长（副股级）。 何静没获大奖，在台里受表扬，人更美丽漂亮。 胡编没调到电视台，不过他根据这件事编了个几集电视剧，挣了不少稿费。 至于县里的经济，也没因此受太大影响，通过及时治理还成了典型。 县领导在市里大会上介绍了如何坚持科学发展观，如何下大力气保护生态环境的经验……

但德山老汉的处境有点难。 难的不是有谁找他算后账，更没人逼他死呀活呀。 难的是他户口没了，成了黑人。 虽然没户口也饿不死人，但村里有些事他就沾不上边儿了。 老赵说万一哪天土地有点调整，可别怪俺把你落下。 德山就整夜失眠，白天去乡派出所，所长是新来的，说这上面手续都全呀，你这个人早就没了。 德山说那是为了全村全乡全县人民俺才装死的。 所长说你为大伙利益装死值得表扬，但死了又想活过来，你得从下面一步步开出证明来。 德山说这好办，就回村找孙寡妇，一看孙寡妇家借旁人住了，忙问她人呢，回答说她伤心伤透了，这回远走高飞再也不回来了。 德山脑袋就嗡嗡的，赶紧去找崔大头，崔大头倒是在，正忙着学胡编也瞎编凶杀的稿子。 德山说你得给俺做证呀。 崔大头说俺这阵子编得脑子乱套了，早上的事下午就记不得了，你死啦活啦俺早忘了。 德山又去找老赵，说你是村主任，俺当初是咋闹死的你清楚。 老赵说你一直没死肯定没错，但当初装死可是你自己提出的，不是俺让你闹的，你让俺给你证明啥？ ……

德山老汉一想也是啊，当初也没谁非让我装死呀，可咋就闹了这么个结果？ 他就有点转不过磨来。 于是他就失眠得愈发厉害了，身体也就不好受。 老伴知道了回来了，儿子也来安慰他，说实在不行我接你到城里去，咋也饿不着你。 德山就流了泪，跟儿子说："其实，俺也不全是为了钱，才……"

"你是为大家。"儿子说。

"真的？"德山问。

"村里人都这么说。"老伴说。

慢慢地，德山老汉的觉就能睡得稍好一些，但仍睡不很实很香，尤其是清晨，还是很早就醒就在炕上烙饼蹭炕席。 老伴说你要实在睡不着就去捡粪吧，没粪就当出去遛遛，也比在炕上难受强。 德山觉得有理，转天就起早，背上粪筐，拿起粪叉出了门。 让他惊讶的是，街上早就有人了。 德山问，咋起这么早呀？ 人家说睡不着呀。 德山说，咋睡不着？ 人家笑道你咋睡不着俺就咋睡不着。 德山老汉吸一口气清爽爽的，看看拉矿石的车绕开村子在跑，路旁新盖的商店正抓紧装修，地里打井的机器已经干上了，遍野的庄稼壮得小树林子似的，小清河也真像条清水河了，德山的心忽然就痛快了。 但他还是忘不了户口的事，就跟谁叨叨了几句。人家马上就说："别上火，别看你没了户口，可比有的有户口的人，能强上一百倍。"

"多少倍？"

"一百倍。"

德山就觉出两汪眼泪要流下来。 他赶紧转过身，说声河那边儿像是有粪，然后脚下生风就嗖嗖窜远了。

细节的提喻

与地域的建构

—— 何申小说略谈

吴义勤

作为 20 世纪 90 年代新现实主义小说的代表人物,何申主要聚焦于社会转型期急剧变化的乡村现实。 何申以忧患意识和真诚态度塑造了基层乡镇干部和农民这两个群体,以现实主义的创作手法,通过大量真实的细节提喻出基层社会的权力场域。 场域作为一种具有开放性结构的客观关系网络,正符合转型期中国社会的特征,符合城乡融合中的乡村现实。 在《年前年后》《信访办主任》《乡村无眠》等小说中,何申通过对场域中资本转换的准确捕捉,对场域中行动者习性的准确把握,勾勒出了基层县乡政府与乡村的权力场,揭露了其中存在的社会问题,集中体现了新现实主义"面向大众,分享艰难"的创作宗旨。

何申小说的现实主义取向不仅体现在主题内容上,在形式上也有许多创新。 这首先体现在对叙事视点的选择上。在《年前年后》《信访办主任》《乡村无眠》等小说中,何申都采用第三人称限制视点来叙事。 这种视点一方面可以深入书写主人公的内心世界,更容易使读者与主人公共情;另一方面对现实的书写可以以主人公为线索展开，通过主人公的见证呈现一种在场的真实感。 而作为社会问题小说，这个视角也将读者引入对社会问题的思考，增强了小说的问题性。 何申在小说中，往往不对问题做正面的解答，而是以偶然性的际遇来对矛盾冲突进行暂时性的解决。 故事情节结束，问题却仍然存在。 他的小说总是试图构建一个场域。 由于场域的开放性，不同位置构成的关系网络不会消失，问题也就不会消失。

在何申的小说中，每个行动者进入社会场域后，都有自己的资本，也都有对相关资本的追求，从而引发资本的攫取和转换。 如在《乡村无眠》中，记者何静希望能够抢到第一新闻，获得大奖，获得更多文化资本；胡编希望能够调到电视台；崔大头是为了能够回到学校，希望能够获得一定的经济资本和社会资本。 小说最后危机的解除，取决于德山老汉所追求的并不是以上这些资本。 但他最后还是获得了一种象征资本：道德资本。 对村民的称赞落泪，即是他对这种象征资本的认同。 而这道德伦理的强大支持力量就是传统。 德山老汉在小说中失去了自己的身份的凭借，在人们的道德评价中得到满足，也就代表着在乡村政治中，身份-权利被道德-伦理所覆盖与遮蔽，表明了乡村仍然是一种礼俗社会，而不是法理社会。 作者以此作为小说意义闭合的最后环节，造成一种大团圆式的喜剧效果，也显示了作者的保守主义立场。

　　德山老汉对于象征化道德资本的满足，对传统伦理的看重，对劳动的满足，也可以归结为这个场域中农民的习性。如果说农民的习性更多可以归结于传统道德伦理，那么何申的《年前年后》与《信访办主任》等乡镇干部小说中的主人公则可以归结为一种实用主义。《年前年后》中李德林面对复杂的基层权力场域，即采取这种实用主义态度，尽力做自己能够做到的事；《信访办主任》中，孙明正也是尽自己所能解决相关问题。《年前年后》中李德林所遇到的问题在巧合中得到了解决，但这个场域的问题被暴露出来；而他仍执着于修正对抽象体系的信任，寄希望于自己编的歌词能够造就一个美好的未来。这种乐观主义也体现了何申的写作态度：对转型期社会问题的积极面对。

　　小说中行动者的这种习性，也使他们丧失了对场域真相的反思能力。这也成为小说内在蕴含的问题。根据布尔迪厄的场域理论，主体和场域是相互塑造的。布尔迪厄用习性来对这样的主体进行分析，指出习性是对世界的误识。《年前年后》《信访办主任》《乡村无眠》中有很多这样的误识与巧合铸成的情节，并导致故事情节的闭合。故事真正的问题并没有得到正面的解决，场域中的资源占有和分配并不真正平衡，结构性矛盾仍然存在。故事结束后，问题留了下来。从中可以看出何申现实主义写作的问题指向。

　　实现这种暴露问题的方式，与小说第三人称有限视点的叙事有关，还与小说采用提喻的转义方式有关。第三人称有限视点使小说中的内容大都通过个体的视点来呈现，而这种视点所能呈现的也大都是社会的边角与细节。何申的小说有大量的日常生活细节，如《年前年后》中李德林为争取小流域治理项目的诸多努力和尝试，呈现的就是行政工作的日常化和琐碎化。这些细节营造出了真实感，细节所展现的诸多场所、人物及其言谈，也提喻式地合成为当下社会现实和基层政治生态。

提喻式的转义方式、喜剧化的故事情节和保守主义的意识形态，构成了何申小说对现实的书写风格，而这种书写风格与他朴素、直白的语言一起构成了其写作面向大众的通俗化努力。这种通俗化指向削弱了小说的锋芒，但并没有遮蔽小说的问题意识。这既是何申，也是 20 世纪 90 年代新现实主义小说在社会关怀层面为中国当代文学留下的财富。

图书在版编目（CIP）数据

年前年后/何申著；吴义勤主编. --郑州：河南文艺出版社，
2021.12
（百年中篇小说名家经典／何向阳总主编）
ISBN 978-7-5559-1076-3

I.①年… II.①何…②吴… III.①中篇小说-小说集-中国-
当代 IV.①I247.5

中国版本图书馆 CIP 数据核字 (2020) 第 229160 号

丛书策划　陈　杰　杨彦玲
本书策划　李建新　　　　　责任校对　赵红宙
责任编辑　李建新　　　　　责任印制　陈少强
丛书统筹　李亚楠　　　　　书籍设计　书籍/设计/工坊
　　　　　　　　　　　　　　　　　　　刘运来工作室

年前年后
NIANQIAN NIANHOU

出版发行　河南文艺出版社
本社地址　郑州市郑东新区祥盛街 27 号 C 座 5 楼
承印单位　河南瑞之光印刷股份有限公司
经销单位　新华书店
开　　本　787 毫米×1092 毫米　1/32
印　　张　6.5
字　　数　117 000
版　　次　2021 年 12 月第 1 版
印　　次　2021 年 12 月第 1 次印刷
定　　价　35.00 元